ABCDEFGHIJK
LMNOPQRST
UVWXYZ
abcdefghijklm
nopqrſstuvwx
ſſſtyzßtz
1234567890

Emilia

Peter Butschkow, *Wo ist Emilia?*

Peter Butschkow

Wo ist Emilia?

Roman

Konkursbuch
Verlag Claudia Gehrke

Gus stand vor einem zweistöckigen Fabrikgebäude mit großen, hohen Sprossenfenstern. Über der Gebäudefront prangte in erhabenen, mattgoldenen Lettern: »BUCHDRUCKEREI CONCORDIA«. Die schwere, metallische Eingangstür war verschlossen, er entdeckte einen Klingelknopf und drückte ihn. Aus der Lautsprecheranlage plärrte ein barsches »Ja, bitte?«

»Ich bin der neue Praktikant!«

Als Antwort erhielt er ein hässliches Schnarren und die Tür öffnete sich. Er trat ein und befand sich in einem großen Gang, an dessen Wänden unzählige Paletten mit den verschiedensten Druckerzeugnissen standen. Gus liebte diesen olfaktorischen Cocktail aus Papier und Druckfarben und zog ihn sich lustvoll in die Nase. Urplötzlich wurde eine Pendeltür aufgestoßen und ein kleiner, bulliger Kerl in einem graublauen Kittel schob eine Karre mit einem Stapel Pappen heraus. Als er

Gus bemerkte, blieb er schlagartig stehen, stemmte die Arme in seine Hüften, taxierte ihn von oben bis unten und knurrte:

»Kann man Eurer Hoheit helfen?«

»Äh, ja – es geht um ein Praktikum.«

»Praktikum? Kiek an. Dann klopp ma schön anne Tür, da links, da müssen sich Eure Hoheit jefälligst erst ma anmelden. An die Prinzessin im Empfang kommt keena unjeschorn vorbei.«

»Danke, sehr freundlich.« Gus klopfte kurz an, drückte entschlossen die Türklinke herunter und stand in einem Büro mit dunkelbraunen Möbeln, an denen sich schon Generationen von Büromenschen mit Zahlen geschunden haben mussten.

»Guten Tag«, sagte er.

Die dralle Wasserstoffblondine hinter ihrem Schreibtisch zog mit einem scharfen »Ratsch!« einen Briefbogen aus ihrer ADLER-Schreibmaschine und fixierte ihn mit zusammengekniffenen Augen neugierig über ihren verschnörkelten Brillenrand, dann nahm sie vom Aschenbecherrand eine glimmende Zigarette, steckte sie sich zwischen ihre knallroten Lippen und inhalierte einen tiefen, knisternden Zug.

»Schönen juten Tach auch, mein Hübscher, was kann ich Ihnen Gutes tun?«

»Ich bin hier wegen des Praktikums.«

»So, so. Praktikum? Hatten Sie da schon mit jemandem gesprochen?«

»Ja, mit einem Herrn Forsch – oder Frosch oder so? Ich glaub so ähnlich.«

»Fotsch heißt der jute Mann, den meinten Sie bestimmt, oder?«

»Fotsch, ja richtig, Fotsch, so hieß er.«

»Haben wir gleich«, sagte sie, griff sich den Telefonhörer und drückte eine Taste. »Kollege Fotsch? Hier is'n junger Mann … äh, Moment mal«, unterbrach sie und schaute Gus fragend an, »wen darf ich bitte melden?«

»Gus Vossberg«, antwortete Gus.

»Ein Herr Vossbach …«

»Kein Bach, ein Berg.«

»Bitte?«

»Voss-berg, Gus Vossberg.«

»Also ein Herr Vossberg, es geht um ein Praktikum. Ah, Sie wissen Bescheid? Gut, okay, sag ich.« Sie legte auf. »Kommt gleich. Setzen se sich doch so lange.« Sie hielt ihm mit schiefem Kopf eine kleine Schale hin. »Nüsschen?«

»Nüsschen? Öh … nein, vielen Dank, sehr freundlich.«

»Nehmse doch so lange Platz.«

»Danke, sehr freundlich.« Gus setzte sich auf einen Stuhl.

»Nüsse sind sehr gesund, voll mit Pfitaminen. Pfitamin E! Magnesium und Kalium.«

Sie klapperte verlockend mit dem Nussschälchen, so wie es Schäfer mit dem Futtereimer taten. »Hm?«, fragte sie noch mal mit schiefem Kopf.

»Danke, wirklich nicht.« Gus wollte keine Nüsschen, auch wenn sie randvoll mit »Pfitaminen« waren.

»Na gut, wer nicht will, der hat schon.« Sie drehte sich auf ihrem Drehstuhl schwungvoll herum und brüllte nach hinten: »Ist der Auftrag Löffler&Hebemann abgeschlossen?«

»Gestern ausgedruckt!«, folgte die laute Antwort.

»Pfantastisch, dass ich das auch mal erfahre!«, antwortete sie spitz und drehte sich kopfschüttelnd wieder Gus zu. »Pfantastisch, dass man hier auch mal was erfährt, nein, echt ganz pfantastisch.« Dann zeigte sie auf das kleine Schälchen mit den Nüssen und flötete: »Nüsschen? Ach nee, Sie wollten ja nicht.« Sie schaute ihn neckisch an und reichte ihm noch mal das Schälchen hin. »Pfielleicht doch, hm?«

»Wirklich, wirklich sehr … freundlich.« Um ein Haar hätte Gus »pfreundlich« gesagt.

»Also man isst tagsüber keine Nüsschen? Na, da bin ich anders, ich brauch immer mal Pfitamine zwischendurch. Ich hab halt gern was im Mund, wenn Sie wissen, was ich meine.« Sie grinste zweideutig und zwinkerte ihm zu.

Na, das kann ja heiter werden, dachte Gus, an dem Pfitamin-Luder muss ich nun jeden Morgen vorbei.

»Na, zum Glück sind wir Menschen nicht alle gleich, sage ich immer, das wäre doch pfurchtbar, oder?« Sie schüttelte den Kopf, wiederholte noch mal »Pfurchtbar, wir wären alle gleich, stellen Sie sich das mal vor?« und schob sich genüsslich knarzend eine Walnuss in den Mund. »Alle würden Nüsse lieben wie ich, eine Katastrophe, da könnten wir wieder nach Nüssen anstehen. Na, Halleluja.«

»Walnüsse esse ich schon gar nicht«, sagte Gus, »die sehen immer aus wie obduzierte Hirnhälften.«

Sie hörte auf zu kauen. »Obduzierte Hirnhälften? Wie kommen Sie denn darauf?« Sie nahm sich eine Walnuss aus der Schale und drehte sie kopfschüttelnd zwischen ihren Fingern hin und her. »Na, Sie sind mir pfielleicht einer … Hirnhälften … so was, is ja schauderhaft. Komische Pfantasie.«

Die Tür wurde energisch aufgestoßen und ein schmaler Mann mit dicker Hornbrille stürzte mit steif ausgestrecktem Arm auf Gus zu, als wollte er ihn halbieren.

»Herr Vossbach? Na, das freut mich. Ole hatte Sie ja schon angekündigt.«

»Korrekt eigentlich Gus Vossberg. Wie Voss und Berg.«

»Oh! Herr Vossberg, Tschulliung. Hat unsere gute Frau Wiedehopf Sie denn schon mit Nüssen versorgt?«

»Der Herr isst tagsüber keine Nüsse«, bemerkte Frau Wiedehopf spitz und zündete sich eine neue Zigarette an.

»Kommen Sie, Herr Vossba… ähm …berg, ich zeige Ihnen mal kurz unsere Weltfirma, dabei können wir ja die Einzelheiten besprechen. Kollegin, wir sind dann mal weg.«

»Walten Sie nur ihres Amtes, werter Kollege.« Frau Wiedehopf beugte sich wieder über ihre ADLER und schaute ihnen noch kurz über den Brillenrand hinterher.

Fotsch schob Gus sanft zur Tür hinaus und raunte: »Sie ist die gute Seele unserer Firma, müssen Sie wissen, mitunter ein bisschen gewöhnungsbedürftig, aber ein feiner Kerl.«

Ein feiner Kerl? Gus verkniff sich den drängenden Wunsch, nachzufragen, wie die Chromosomen in dem menschlichen Wesen namens Wiedehopf verteilt waren, aber das würde er sicher noch in Erfahrung bringen.

Fotsch begann seine kurze Betriebsbesichtigung in der Buchbinderei. Bevor er die Tür öffnete, erklärte er: »Hier ist das Ende der Fertigungstrecke, hier wird gebunden, geklebt und geschnitten, von hier gehen die fertigen Produkte an den Kunden. Manche sagen auch, der Buchbinder hat als Letzter im Bunde – ich sage mal salopp — die Arschkarte. So, und jetzt nicht wundern.« Mit dem Öffnen der Tür schlug Gus ein ohrenbetäubender Krach ins Ohr, es klapperte, schepperte, stampfte und piepste. Er brüllte: »Ganz schön laut!«

»Ganz schön laut, oder?«, brüllte Herr Fotsch.

Gus hatte sich die Buchbinder mit Lederschürze, Leim und Falzbein vorgestellt, die bedrucktes Papier liebevoll zu wunderschönen Büchern zusammenbinden, an laute, scheppernde Maschinen hatte er dabei überhaupt nicht gedacht. Nun steuerte Fotsch exakt auf den Mann zu, der Gus beim Eintreten so rustikal begrüßt hatte, und stellte ihn als »unser Meister Henning, Leiter der Buchbinderei, Herrscher über den goldenen Schnitt« vor. Der quittierte diese witzige Zweideutigkeit mit einem schiefen Grinsen. Gus spürte eine kräftige, raue Hand, bereit, einen verweichlichten Kunststudenten in die Knie zu zwingen. Kurz bevor seine zerbröselte, erhielt es sie gnädig wieder zurück.

»Hier unsere Polar-Schneidemaschine! Die schneidet mit einem Schnitt bis zu 1500 Bogen Papier! 1500! Wie Butter! Zack – bumms – durch!«, brüllte Meister Henning und zeigte auf ein mächtiges Ungetüm. »Also, Hände weg, sonst sind 'se futsch!«

Er machte eine Geste, als würde er sich mit der Handkante seine Hände weghacken, und lachte böllernd. Dann wies er auf eine langgestreckte Anlage an der Wand, die furchtbar klapperte und schepperte, und schrie: »Falzstraße!«

Gus brüllte: »Toll!«

»So, dann wollen wir mal weiter!« Herr Fotsch setzte dem akustischen Inferno ein erlösendes Ende und schob Gus resolut nach draußen. Eine breite Wendeltreppe führte sie hoch zum ersten Stock. »Hier links die Bleisetzerei, rechts die Druckerei«, erklärte Fotsch. »Wir gehen mal erst in die Setzerei. Keine Sorge, hier ist es ruhiger. Ach, übrigens, Setzer und Drucker lieben sich abgöttisch, das nur mal grundsätzlich – und beide vergöttern den Buchbinder.« Er grinste komisch.

»Ach, äh – echt …?« Gus wusste mit dieser offensichtlich ironischen Bemerkung nicht so recht was anzufangen, ging aber davon aus, dass Fotsch damit ein spezielles Verhältnis der beiden Berufsgruppen zueinander beschreiben wollte.

Fotsch öffnete eine schwere Metalltür und ging voraus. Die Setzerei war in der linken Hälfte der ersten Etage in zwei gegenüberliegenden Richtungen komplett mit hohen Sprossenfenstern verglast, wie man sie oft in Fabrikgebäuden findet. In diesem lichtdurchfluteten Raum standen parallel im gleichen Abstand die Regale mit den Satzkästen, Schubladen und den Arbeitsflächen, die sogenannten »Gassen«, in denen die Setzer sich effizient bewegen konnten. Diese Setzerei verfügte über sechs Gassen, in denen die Setzer in ihren blaugrauen Kitteln standen und den Neuling in einer Mischung aus Neugier und Missmut musterten.

Schon wieder so ein Unbedarfter, dachten sie, womöglich Begriffsstutziger, dem man die hohe Schule des Schriftsetzens vermitteln musste. Einer, der immer im Weg stand, dumme Fragen stellte, der fließende Arbeitsvorgänge unterbrach und wenn er noch ein junger Kerl war, die Frauen im Betrieb nervös machte – speziell Frau Wiedehopf – die dann mit jeder Bagatelle auf ihren hochhackigen Schuhen in die Setzerei nagelte. Das war sehr lästig und brachte Unruhe in den Betrieb. All das las Gus in ihren Augen.

»Die Herren! Darf ich Ihnen unseren neuen Praktikanten vorstellen?«, rief Herr Fotsch. »Das ist Gustav Vossberg, Student an der Kunsthochschule, der in den Sommerferien ein zweiwöchiges Praktikum in unserer

Setzerei absolvieren wird, unser alter Kollege Ole hatte ihn empfohlen.«

Ein Kerl mit Nussknackergesicht und einem durchgesabberten Zigarrenstummel, hinter dessen Rücken an der Wand ein großes Schild »Rauchen verboten!« prangte, fixierte Gus über seinen Brillenrand und rief mit spöttischem Unterton: »Oooh! Schau an, Gus der Küüünstler gibt uns die Ehre!«

»Das ist der Kollege Tauber, nicht abschrecken lassen, er beißt nicht«, sagte Herr Fotsch. »ohne ihn wäre die Buchdruckerei Concordia nur die Hälfte wert, nicht wahr, Kollege Tauber?«

Kollege Tauber zog an seinem Stumpen, dessen Glut sich schon gefährlich knisternd seinen Lippen näherte, stieß wie eine Dampflok Tabakwolken aus und knurrte: »Meine Rede. Wär schön, wenn sich das mal auf meinem Lohnstreifen bemerkbar machen würde.«

Fotsch ignorierte die Sozialkritik. Erstens hatte er nicht die Zeit, darauf einzugehen, und zweitens fühlte er sich als Leiter der Setzerei nicht dafür verantwortlich. Er konnte gegenüber der Geschäftsführung nur Empfehlungen aussprechen und das hatte er bereits getan. Die Herren da oben waren allerdings der Ansicht, Tauber sei schon übertariflich bezahlt und es wäre schädlich für den innerbetrieblichen Frieden, wenn ein Mitarbeiter sich in seinem Entlohnungsniveau zu stark vom Durchschnitt abhöbe. Tauber rächte sich, in dem er an jedem Monatsende seinen neuen Lohnstreifen argwöhnisch kontrollierte, immer auf der Suche nach ungerechtfertigten Abzügen. Es ging meist nur um Pfennigbeträge, aber als Tabellensetzer kannte sich Tauber bestens mit kleinen Zahlen aus. Lohnsteuer, Kirchensteuer, Sonderabgaben, alles rechnete er nach. Keiner konnte sich jemals daran erinnern, dass Tauber mit einer seiner Lohnabrechnungen einverstanden gewesen wäre. Spätestens nach einer Minute fand er einen Fehler. Sofort stieß er ein lautes »Ha!« aus und stürzte triumphierend runter zur Lohnbuchhalterin, der alten »Zimtzicke«, wie er sie nannte. Nach kurzer Zeit war er zurück von seiner Protestaktion und verkroch sich wieder in seiner Gasse. Ob er Beute gemacht hatte, behielt er für sich. Der Lohnstreifen war eines jeden Mitarbeiters intimste Zone.

An einer großen Andruckpresse stand ein riesiger, schlaksiger Typ mit einer mächtigen Nase und einem Kinn, das wie bei einem Puter hin und her wackelte. Herr Fotsch stellte ihn als »Unser Herr Buddich, zuständig für allerfeinste Andrucke« vor. Buddich hatte als Lehrling bei Concordia begonnen und war der einzige Mitarbeiter, der direkt um die Ecke wohnte und jeden Tag zum Mittagessen nach Hause ging. Er streckte Gus seine rechte Hand entgegen und sagte verschmitzt: »Viel Spaß bei den Schwungradknechten.«

»Schwungradknechte?«, fragte Gus neugierig Herrn Fotsch, als sie auf dem Weg hinüber zur Druckerei waren.

»So nennen die Setzer die Drucker.«

»Hm.«

Im Druckersaal standen diverse »Heidelberger Tiegel« und große Zwei-und Vierfarbenmaschinen. Schwarze Kolosse aus Eisen, die zügig Papierbogen ausdruckten und wie auf einem unsichtbaren Luftkissen exakt bündig, sanft aufeinanderlegten. Auf den kleinen Tiegeln, die sich wie Beatmungsmaschinen anhörten, druckte man einfarbige Standardaufträge, also Briefbogen, Handzettel oder Visitenkarten, auch Hochzeitskarten oder Todesanzeigen, kleine Auflagen für den alltäglichen Bereich. All diese fleißigen Druckwerke, akustisch vereint, spielten das unvergleichliche Konzert eines Druckersaals. Gus war beeindruckt. Fotsch schob ihn wieder hinaus. »So, nun noch ein kurzer Besuch bei der Geschäftsführung, dann war's das erst mal.« Sie gingen die Wendeltreppe nach unten, wo Fotsch kurz an eine Tür mit dem Schild »Geschäftsleitung« klopfte. Nach der obligatorischen Zeitspanne, die einzig und allein dem Zweck diente, dem Anklopfenden die scheinbare Überlastung der hinter der Tür arbeitenden Person vorzuspielen, erklang ein: »Ja, bidde!«

»Na schau einer an, das ist also unser neuer Praktikant!« Ein korpulenter Mann mit Halbglatze und einem nikotingelben Pullunder hatte sich hinter einem dunkelbraunen Schreibtisch von seinem speckigen Lederstuhl erhoben – woraufhin der röchelnd die Luft einsaugte, als wäre er knapp dem Erstickungstod entronnen – und reichte Gus die Hand. »Ein herzliches Willkommen am Pulsschlag des glorreichen Buchdrucks.« Hinter ihm hing ein gewaltiger Rahmen mit einem Text in fetter Fraktur, einem Ausspruch von Georg Christoph Lichtenberg: »Mehr als das Gold hat das Blei die Welt verändert. Und mehr als das Blei in der Flinte das im Setzkasten.«

»Herr Löblich, der Chef dieses Unternehmens – Herr Vossberg«, stellte Fotsch die beiden vor.

Herr Löblich klopfte Gus heftig auf die Schulter. »Also, wie mir deucht, haben Sie sich ja schon einen kleinen Einblick verschafft, Herr Vossburg?«

»Berg, wie der Berg in den Alpen, Gus Voss-berg«, korrigierte Gus höflich.

»Oh, Vergebung! Herr Vossberg, bitte entschuldigen Sie. Gus? Doch ein außergewöhnlicher Name, wenn ich so sagen darf?«

»Richtig heiße ich eigentlich Gustav, nach meinem Opa, aber alle sagen seit meiner Kindheit Gus zu mir.«

»Ich heiße eigentlich Gerold, Gerold Löblich, aber alle nennen mich auch nur Gero.«

Gus war nicht so recht klar, ob ihm dieser Löblich damit das »Gero« angeboten hatte, sein Gefühl sagte ihm aber, dass so ein Erstkontakt gewiss noch keinen Austausch von intimen Kosenamen zuließ, schon gar nicht zwischen Firmeninhaber und Praktikant. Grundsätzlich hatte er an einer tiefergehenden Beziehung zu Herrn Löblich allerdings auch nicht das geringste Interesse. Ein Mensch mit so einem abartigen Pullunder hatte bei ihm grundsätzlich alles verwirkt.

»Na, dann lassen Sie uns mal ins Besprechungszimmer gehen.« Herr Löblich führte Gus durch eine Tür nach nebenan. Der Bereich, in dem sie nun standen, war in zwei Einheiten abgetrennt, die sogenannten »Kundenkabinen«. Auf der einen Tür stand »K1«, auf der anderen »K2«. Die K1 – also Kabine 1, quasi die Erste Klasse-Kabine – war für Großkunden, also Kunden mit hochwertigen Druckaufträgen, zum Beispiel Katalogen, Prospekten oder Plakaten in hohen Auflagen. Kabine 2 für kleine Kunden, solche, die nur Visitenkarten oder Hochzeits-, Todes,- oder Traueranzeigen drucken lassen wollten, vielleicht auch mal einen Handzettel. In jeder Kabine standen sechs Stühle um einen runden Tisch, Sitzplätze genug für den Sachbearbeiter der Druckerei und den Kunden mit seinem Gefolge. Je nach Auftragsvolumen erschien Herr Löblich auch höchstpersönlich, um dem Kunden das komplexe Leistungsniveau seiner Druckerei und die Hingabe seiner Mitarbeiter zu vermitteln, für die Qualität und Pünktlichkeit die Seele ihrer Professionalität war. In der Mitte des Besprechungstisches stand ein geballtes Sortiment von Mineralwasserflaschen und diversen Säften, für Freunde salzigen oder süßen Gebäcks zudem eine obligatorische Auswahl, die sich beim Süßgebäck in den beiden Kabinenklassen nur dadurch unterschied, dass die Kekse in K1 mit Schokolade überzogen waren. Gekrönt wurde dieses verführerische Ensemble durch einen goldfarbenen Zigarettenigel, eine runde Kugel mit Löchern, in denen die Zigaretten steckten und sich dem Raucher verführerisch entgegenstreckten. Auch hier gab es ein Sortiment, das der gängigen Markenpalette gerecht wurde: Ernte 23 für die konservativen Raucher, Peter Stuyvesand für die Kosmopoliten, Marlboro für die Cowboys und Roth-Händle für die Intellektuellen, für die ein Filter wie ein gefühlsverderbendes Präservativ war, der dem Tabakgenuss die wahre Lust raubte. Für alle Geschmäcker war also bestens gesorgt.

In diesen Kabinen, die auch extra schallisoliert waren, damit kein indiskretes Wort nach draußen drang, nahm die Druckerei mit Fachkompetenz, ausgesuchter Freundlichkeit und dem besagten Genussmittelsortiment subtilen Einfluss auf die Entscheidungen ihrer Kunden. In ganz harten Fällen warf man als letztes Mittel schon auch mal Frau Wiedehopf mit ihrer verführerischen Nuss-Mischung ins Rennen, um sich einen Auftrag zu sichern. Am Ende musste natürlich noch der Preis stimmen, die Provision ausgehandelt und um jeden Pfennig gerungen werden, bis es beiderseits passte. War alles in trockenen Tüchern, rollte als Belohnung der Servierwagen mit einem spektakulären Angebot an alkoholischen Getränken in die Kabine. Er bot alles, was den Leberwerten Beine machte: Rum, Gin, Whiskey, Obstler. Für Frauen, eher scharfer Alkoholika abgeneigt, standen Eierliköre oder anderweitige Spirituosen mit zumeist fruchtiger Note zur Verfügung, die Sämigen, die sich beim Trinken nicht vom Glas lösen wollen.

Danach lockerte sich die Atmosphäre spürbar und es begann zu menscheln. Manche Auftraggeber, eben noch knochenharte Feilscher, glänzten nun als brillante Interpreten verdorbenen Witzgutes. Auch Privates brach jäh aus ihnen heraus und plötzlich erhielten alle Kabineninsassen oft ungeahnte Kenntnis von ihren ehelichen oder finanziellen Verspannungen oder chronischen Wehwehchen, die man so ganz und gar nicht bei diesem oder jenen Kunden, schon gar nicht in ihren intimsten Körperregionen, vermutet hätte. Manche zauberten aus ihren Brieftaschen auch generationsübergreifende Familienfotos hervor. Dem spröden Werbeleiter eines örtlichen Energieversorgers fiel dabei mal versehentlich das Nacktfoto einer ostasiatischen Schönheit auf den Tisch, das er kopfschüttelnd mit »Nein, diese Asiatinnen« und rotem Kopf wieder zurücksteckte. Schlussendlich trennte man sich im wohligsten Einverständnis, und nur ein hohes Maß an Selbstdisziplin verhinderte, dass die Geschäftsleitung und der Kunde sich in dieser neuen Vertrautheit wie Mitglieder des DDR-Politbüros zum Abschied mit Zungenschlag küssten. Abschließend winkte die Belegschaft ihm aus dem Fenster mit kleinen Concordia-Fähnchen hinterher, die Herr Löblich einst als Werbematerial in großzügiger Auflage hatte drucken lassen. Damit wäre die ganze Bevölkerung Berlins in der Lage gewesen, beim Besuch der Königin von England kollektiv zu wedeln.

Ein wenig Sorge um die Fahrtüchtigkeit des Kunden schwang bei der Geschäftsführung schon mit, aber bislang war alles immer gutgegangen, nur einmal rammte ein arg Beschwingter bei der Ausfahrt einen Lichtpfosten. Herr Löblich hatte ihn mit »Mein Gott, wir sind doch alle nur Menschen« rasch von seinem schlechten Gewissen erlöst und ihm den Schaden unter dem Passus »Diverse Korrekturen und Änderungen« diskret auf die Rechnung aufgeschlagen. So pragmatisch verfuhr die Druckerei mit Banalitäten. Nach der Besprechung riss Frau Wiedehopf in der Kabine zum Lüften das Fenster weit auf. Glücklicherweise rief keiner der umliegenden Anwohner angesichts dieser enormen Rauchschwaden die Feuerwehr. Die säuerliche Melange von Zigarettenmief, Alkoholika und Verbalschleim bekämpfte Frau Wiedehopf mit einem Duftspray. Anschließend roch alles schwer nach Lavendel und der nächste Kunde konnte hereintaumeln.

»Greifen Se zu, junger Mann, nur zu«, nötigte Herr Löblich, beugte sich zur Wechselsprechanlage vor, drückte eine Taste und orderte »Den Getränkewagen bitte in die Eins! Danke.« Einen Moment später hörte man Flaschen klirren und Frau Wiedehopf schob mit »Pfooooorsicht! Pfooorsicht! Heiß und pfettig!« den Trunkwagen in die K1.

»Sehr schön, Frau Wiedehopf, lassen Sie, ist gut – danke.« Herr Löblich übernahm freundlich das Sortiment.

»Nüsschen?«

»Sehr aufmerksam, Frau Wiedehopf, vielleicht später, wir sind erst mal versorgt, danke.«

»Pfiel Vernügen.«

Frau Wiedehopf verschwand. Herr Löblich stand auf und zeigte mit ausladender Geste auf das Flaschensortiment. »So, was darf's denn sein? Wodka? Rum? Gin? Mampe Halb und Halb? Sozusagen als Begrüßung und als gutes Omen für ein gelungenes Praktikum bei uns, wenn ich mal so sagen darf?«

»Mampe Halb und Halb?« Klingt witzig, dachte Gus. »Ja, gut – ja, wenn Sie meinen, aber nur einen klei…«

»Einen halben Halb und Halb also? Halb ich das richtig verstanden?« Herr Löblich ergötzte sich über seinen brillanten Wortwitz.

Auch Herr Fotsch hatte noch was zu bieten: »Halb zog es ihn, halb sank er hin.«

Nun lachten sie beide krachend.

Gus dachte, eigentlich müsste der Laden »Buchdruckerei Humoris« heißen. Lustiger Haufen hier. Möglicherweise aber bestand ein Zusammenhang zwischen dem Getränkewagen und der Stimmung in diesem Betrieb? Er jedenfalls war es nicht gewohnt, am Tage Alkohol zu trinken. Auch die außerordentliche Zuwendung, die er in dieser Druckerei erfuhr, verwirrte ihn, schließlich war er ja kein Kunde, doch er erinnerte sich an die Worte von Ole, seinem Studienkollegen, der ihm diesen Job vermittelt hatte, dass die Druckereien aktuell händeringend Lehrlinge suchten. So gesehen spekulierte die Buchdruckerei Concordia scheinbar insgeheim darauf, ihm einen Ausbildungsplatz schmackhaft zu machen, obwohl er dem klassischen Lehrlingsalter längst entwachsen war. Vielleicht wollte er dann doch mehr als nur ein kurzes Praktikum und gab seinen irrwitzigen Wunsch auf, als Grafik-Designer – als brotloser Künstler – Geld zu verdienen? Womöglich sollte er betrunken gemacht werden, um dann im unkontrollierten Zustand seine Unterschrift unter einen Lehrvertrag zu setzen, um sich für drei lange Jahre an die Druckerei zu binden – und vielleicht eine von den beiden Hilfsarbeiterinnen in der Mappenherstellung zu ehelichen? Aha! Gus hatte ihren Plan durchschaut.

»Aber nur einen klitzekleinen, bitte«, wiederholte er noch mal eindringlich und schaute zu, wie Herr Löblich davon unbeeindruckt drei Likörgläser randvoll füllte, ohne dabei auch nur ein einziges Tröpfchen zu verschütten.

»Naaaa, dann auf eine erfolgreiche Zeit in unserer Buchdruckerei Concordia! Auf Ihr Spezielles, meine Herren!« Herr Löblich warf den Kopf zurück und kippte sich den Schnaps zackig in die Kehle. Anschließend schüttelte er sich wie ein nasser Hund und stellte schmatzend fest: »Gott verdammt noch mal – ist der gut.«

Bei Gus floss der scharfe Alkohol wie ein Lavastrom die Speiseröhre runter und raubte ihm vorübergehend die Stimme. Herr Löblich schob ihm den Zigarettenigel zu. »Nehmse, nehmse, sonst tu ich's«, witzelte er und kreiste mehrmals mit spitzen Fingern wie ein Raubvogel um das Teil, um sich dann blitzartig auf eine Zigarette zu stürzen. »Na, nehmse, nehmse, greifen se zu!«, insistierte er hartnäckig.

Gus hob abwehrend die Hand. »Danke, sehr freundlich, aber ich rauche nicht.«

»Ooooh, ein Nichtraucher? Das ist züchtig«, sagte Herr Löblich und zündete sich und Herrn Fotsch, der sich zuvor auch mit einem höflichen »Sie erlauben?« gleichfalls aus dem Zigarettenigel bedient hatte, die Zigaretten an. Gus musterte indessen die Galerie von Fotos an den Wänden, augenscheinlich alles verdiente Mitarbeiter der Druckerei. Gesichter, denen man den Stolz, ein verantwortlicher Teil dieses Betriebes sein zu dürfen, deutlich ansah. Auf einem Foto – in der Mitte die Geschäftsleitung, rechts und links das Personal flügelartig aufgestellt – sah die Belegschaft aus wie ein riesiger Vogel. Neben der Fotogalerie war eine Pinnwand mit bunten Postkarten, Grüße der Mitarbeiter aus dem Urlaub an die Geschäftsleitung und Kollegenschaft mit dem Wunsch, dass der Urlaub bald zu Ende ginge und sie ihre frisch gewonnene Kraft endlich wieder ihrem geliebten Betrieb widmen durften. Grüße aus Rimini oder dem Salzkammergut, vom Gardasee oder aus Alicante, vorrangig aber aus deutschen Kurbädern. All die Städtchen, die ihr »Bad« stolz wie einen Doktortitel vor ihren Namen trugen, wie Bad Orb, Bad Sachsa, Bad König, Bad Liebenzell, Bad Kissingen, und, und, und … und sich damit den Zugang zu den fetten Kassen des Deutschen Gesundheitswesens verschafften. Löblich hatte Gus Interesse an der Postkartengalerie bemerkt und tippte auf eine grellbunte Karte.

Postkartenmotive wurden von den Herstellern meistens nachkoloriert, damit das Meer und der Himmel noch blauer, die Palmen noch grüner, der Strand noch weißer und das Bier noch gelber wurde und die Daheimgebliebenen vor Neid platzten.

»Hier, diese aus Teneriffa, sogar von einem Kunden, wenn ich mich recht erinnere.« Er drehte sie um und las: »Herzliche Grüße aus Teneriffa. Sonne, Meer, Säwesa. Ihr Lehmann.«

»Verstehe.« Gus war von dem Sortiment beeindruckt. »Tolle Karten – und die Personen da«, er zeigte auf das Foto mit der Belegschaft, »das sind alles …?«

»Aber ja, die tragenden Säulen unsere Firma. Die Buchdruckerei Concordia gibt es schon in der x-ten Generation, sie wurde 1895 von Franz Knaabe gegründet, genau hier. In diesen Räumen lebt also die ehrwürdige, handwerkliche Tradition eines mutigen Gründervaters – man kann sagen, einem Zögling Gutenbergs – sozusagen weiter.«

Und hier haben sie nun ersichtlich alle gesessen und geraucht und gesoffen, dachte Gus. Er konnte den hehren Gründergeist Franz Knaabes förmlich spüren, der in seinen Augen noch in jedem Möbel steckte. Womöglich lag noch in irgendeiner Schublade Knaabes Bartwichse.

»Von hier gingen die hochwertigsten Druckerzeugnisse in die ganze Welt. Knaabe druckte alles, von Essensmarken bis hin zu aufwändigen Katalogen oder Plakaten, in der Setzerei werden Sie die wunderschönen Holzschriften bewundern können, wahre Kunstwerke. Einige Druckerzeugnisse gingen sogar in die deutschen Kolonien, zum Beispiel nach Deutsch-Südwestafrika zu den Kaffern. Da staunen Sie, was, junger Mann?«

»Aber wirklich.« Gus angelte sich ein paar Fischlis aus dem Salzgebäcksortiment und war nun überzeugt, dass der gute Löblich ein Säufer und Rassist war.

»So, so, Sie studieren also Grafik-Design?«, fragte Löblich plötzlich ganz ernst.

Er sprach es »Di-sei-en« aus.

»Ja, im vierten Semester, Kunsthochschule.«

»So, so, Kunst-hoch-schule« Herr Löblich räusperte sich und schaute zu Herrn Fotsch herüber. »Ein mutiger junger Mann, nicht wahr, Herr Fotsch?«

»Wahrlich ein mutiger junger Mann, tapfer, tapfer. Wollen wir's ihm sagen?«

»Wir sollten.« Herr Löblich und machte ein sehr ernstes Gesicht.

»Ähm, was sagen?« Gus war irritiert.

»Na, nun dann raten Sie mal, wer täglich an unsere Tür klopft?«

»An Ihre Tür? Hmmm … keine Ahnung? Der Postbote?«

Herr Fotsch lachte laut: »Der Postbote! Janz ausjezeichnet, köstlich.«

Herr Löblich stimmte ausgelassen mit ein: »Der Postbote, der Postbote … nee, nee, der ist gut«, dann beugte er sich abrupt vor und schaute Gus eindringlich in die Augen. »Grafiker, lieber junger Freund, Grafik-Designer!« Er wiederholte noch mal: »Graaaafik-Diiiiii-seiiiii-ner.«

Gus verstand immer noch nicht. »Und was wollen die?«

»Was die wollen?«, Herr Löblich lachte böllernd. »Na, da rein!«, antwortete er und zeigte mit ausgestrecktem Arm auf die Tür: »Da! Durch diese Tür! Da! Lieber junger Freund! Sie sind mir ja vielleicht einer. »Mensch, Arbeit wollen die! Arrr-beit! Sie rennen uns die Tür nach Arbeit ein, so sieht's aus!«

»Arbeit?«, fragte Gus verwundert.

»Na, Aufträge! Auf-trä-gääää!«

»Aufträge?« Gus starrte ihn ungläubig an – dann klingelte es bei ihm. »Aaach, jetzt … ich versteeehe! Sie wollen damit sagen, die haben nichts zu tun?«

Herr Löblich lehnte sich erschöpft zurück. Endlich hatte dieser unbedarfte junge Mann begriffen. »Exakt! So ist sie, die Realität, junger Mann. Grafiker, arbeitslos, ohne Aufträge, ohne Arbeit. Nix, nüscht, nitschewo. Manche lassen sich gar nicht abweisen, Frau Wiedehopf wirft den Armseligen in ihrer großen Güte dann hin und wieder schon mal ein paar Nüsschen aus dem Fenster. Tja«, bedauerte Herr Lölblich, »so ist die Lage.«

»Hört sich ja nicht wirklich gut an«, bestätigte Gus.

»Tja, das hätten Sie nicht gedacht, was? Das sagt Ihnen natürlich keiner, wie es da draußen aussieht, ist doch klar. Der eiskalte Wind der Realität, wer mag den schon? Also, lieber junger Freund, ohne Sie in irgendeiner Art und Weise von Ihren Zielen abhalten zu wollen«, Herr Löblich rückte sich seinen wulstigen Krawattenknoten in die Kragenmitte, so dass der nun beim Reden gleichzeitig mit seinem Adamsapfel hoch und runter hüpfte, »bitte denken Sie noch mal darüber nach. Für die Entbehrungen eines Künstlerlebens muss man geschaffen sein. Sind Sie das? Sind Sie ein Freund der Entsagung? Frage ich einfach mal so. Der Bleisatz allerdings, ein jahrhundertealtes, ehrenwertes Handwerk, bietet Ihnen als Bleisetzer Erfüllung und einen lebenslangen Arbeitsplatz, behütet von einer starken Gewerkschaft, die uns Arbeitgebern für ihre Schutzbefohlenen den letzten Pfennig aus der Tasche zieht. Ich weiß, wovon ich rede. Schriftsetzer, das kann ich Ihnen versprechen, wird es ewig geben, weil es Schrift ewig geben wird – ewig! – sie ist unvergänglich. Schrift überlebt alle! Alle! Uns alle! Ihre Kinder und Kindeskinder, alle!« Herr Löblich geriet jetzt richtig in Rage. In dieser schallisolierten Kabine konnte er sich das erlauben.

»Schrift überlebt alle, alle«, echote Herr Fotsch.

»Sie aber wollen als Grafiker lieber draußen an unsere Tür hämmern und um Arbeit betteln, als drinnen einer gut bezahlten Tätigkeit als hochgeachteter Schriftsetzer nachzugehen? Inklusive zwei Pausen täglich und einem großzügigen Weihnachtsgeld, von den fünf Wochen Ferien gar nicht zu reden? Und jeden Tag einen halben Liter Milch? Kostenlos!«

»Hört sich gut an, echt.« Gus nickte anerkennend, verkniff sich aber die Bemerkung, dass er selbst dann nicht Setzer werden wollte, wenn sie ihn jeden Morgen von zu Hause auf einer Sänfte zum Betrieb trügen und ihn dabei mit frischen Backwaren fütterten. Das hätte den Stolz dieser wackeren Setzkunstwerker nur zutiefst verletzt.

»Denken Sie drüber nach, junger Mann. Darauf trinken wie noch einen.«

Gus winkte ab. »Ich, äh …«

»Keine Widerrede!« Herr Löblich richtete sich ruckartig von seinem Stuhl auf, der wiederum sofort die günstige Gelegenheit nutzte, um gierig nach frischer Luft zu schnappen, griff sich die Flasche Mampe und schenkte nach.

»Auf einem Bein kann man nicht stehen!«, rief Herr Fotsch und hob sein Glas in die Höhe.

»Rechtes Bein, linkes Bein, oben muss der Mampe rein!« Herr Löblich schloss die Augen und kippte den Fusel runter. Dann knallte er das Glas auf den Tisch und wischte sich schmatzend mit dem Handrücken über den Mund. »So, lieber, junger Freund, dann freue ich mich auf Sie. Vielleicht lassen Sie sich unsere Worte einfach noch mal in Ruhe durch den Kopf gehen? Herr Fotsch, wann hatten wir abgemacht?«

»Kommenden Montag, Herr Löblich, Montag.«

»Dann werde ich pünktlich gegen Ihre Tür hämmern«, bemerkte Gus launig, der jetzt den Alkohol schon etwas spürte.

»Ha-ha, das ist gut, das ist gut, das machen Se mal, hämmern Sie. Wir werden nicht zögern, Ihnen Einlass zu gewähren, nicht wahr, Herr Fotsch? Nicht zögern!««

»Nein, da wird nicht gezögert«, bestätigte Herr Fotsch, »hämmern Sie ruhig.«

Gus gab Herrn Löblich die Hand und verabschiedete sich. »Vielen Dank und dann bis Montag«, sagte er.

»Na, dann! Auf Wiederschaun«, sagte Herr Löblich. »Und wie gesagt, lassen Sie alles noch mal in Ruhe sacken.«

Herr Fotsch begleitete Gus nach draußen. Vor der Tür fragte Gus ihn, was ihn die ganze Zeit schon beschäftigt hatte: »Herr Löblich sagte, jeden Tag einen halben Liter Mich kostenlos? Milch? Warum ausgerechnet Milch?«

»Gut gegen Blei.«

»Milch soll gut gegen Blei sein? Wer sagt'n so was? Der alte Gutenberg?«, fragte Gus.

Fotsch zog seine Schultern nach oben. »Fragen Sie mich nicht, es ist halt so. Die Milch ist für die Setzer sogar steuerlich absetzbar, also muss ja was dran sein.«

»Ich will nur sagen, ich hab in der Schule gelernt, dass Milch die Aufnahme von Giften im Darm sogar eher erleichtert.«

Fotsch klopfte Gus auf die Schulter. »Sie sind ja ein ganz Schlauer, lieber Vossberg. Aber das behalten Sie mal in der Setzerei lieber für sich. Den Setzern ist ihre Milch nämlich heilig und besserwisserische Praktikanten sind ihnen ein Grauen.«

»Schon klar, Herr Fotsch.«

»Auf Wiedersehen, Herr Vossberg.«

Die Morgensonne kroch hinter den Dächern der Mietshausfront hervor und erklomm zielstrebig die gegenüberliegende Fassade der Kunstakademie. Dort, in der fünften Etage, wo Professor Brand seine Studentinnen und Studenten in der ersten Stunde im Fachbereich »Schrift« unterrichtete, waren alle Augen auf ihn und seinen Breitpinsel gerichtet. Er tauchte ihn in ein Glas mit schwarzer Tusche, strich ihn behutsam am Rand ab und zog auf dem vor ihm liegenden Papierbogen eine senkrechte Linie. Als er sie unten abgeschlossen hatte, sagte er leise: »So.« Nun tunkte er abermals den Pinsel in die Tinte, setzte oben an der Linie an und begann einen bauchigen Halbkreis zu ziehen, der sich in der Mitte der Senkrechten schloss. Kurz nahm er sich Zeit für eine wohlgefällige Betrachtung, sodann fügte er einen zweiten Bauch unten an. Das Werk war vollendet: ein wohlgeformtes B. Inzwischen hatten die Sonnenstrahlen den Raum geflutet und ließen die feuchte Tinte des frisch geborenen Buchstabens wie schwarzen Lack schimmern. Ein erhabener Moment.

»Grandios«, stöhnte Gus.

»Nun ja«, der Professor hüstelte leicht. »Buchstaben sind wie Körper, sie atmen und pulsieren, verstehen Sie, mein lieber Vossberg?«

»Ich verstehe, Herr Professor.«

Der Professor nickte wohlwollend. »Jeder Buchstabe hat eine Figur, fleischig in seinen schwellenden Formen, grazil in seinen Graden, vollendet in den Proportionen. Schauen Sie sich exemplarisch dieses B an. Woran denken Sie da, mein lieber Vossberg? Hm?«

»Sie meinen …?«

»Assoziativ, meiner Lieber, assoziativ.«

»Tja, also … im ersten Moment an …«

»Na?« Der Professor zog die Augenbrauen hoch und schaute ihn mit großen Augen erwartungsvoll an. »Was meinen Sie?«

»Ein wunderschönes B?«

»Mehr, lieber Vossberg, viel mehr.«

Gus fuhr sich fahrig durch seine Haare und murmelte: »Viel mehr, sehr viel mehr, ich verstehe.«

»Der Korpus, er erinnert Sie an …? Na, sagen Sie schon.«

»An … an … an …?«

»Die Brüste …?«

»Brüste?«

»Die Brüste der Venus von Milo!«

»Aber ja, ja … Venus von Milo!« Gus klatschte sich mit der Hand an die Stirn. »Hatte ich gerade auf der Zunge.«

»Ach? Schau an, Sie hatten die Brüste der Venus gerade auf der Zunge?« Der Professor schlug die Augen an die Decke. »Wie auch immer, Sie sehen jetzt die Skulptur vor sich? Grandios, oder? Fühlen Sie, wie unser B mit den Schwellungen der Venus verschmilzt? Wie warm, wie sinnlich sich dieser Buchstabe jetzt anfühlt?«

»Tatsächlich warm, ganz warm.«

»Spüren Sie diese Vollkommenheit, die atemberaubende Schönheit der Linien?«

»Sexy.«

»Sexy? Wir sind doch hier nicht im Playboy, Vossberg. Sie sollen beim Schreiben eines Bs nicht Wollust, Sie sollen Sinnlichkeit empfinden. Verstehen Sie mich? Die Sinnlichkeit der Linien, der Proportionen.«

»Natürlich, vollumfänglich«, antwortete Gus. Ihm stand nicht der Sinn danach, mit einem Gott der Kalligraphie über Wollust oder Sinnlichkeit zu diskutieren, wobei er dessen schöngeistiges Gebaren absolut als vorgeschoben empfand. In seinen Augen war Brand ein alter Lüstling.

»Gut. Also denken Sie immer daran, wenn Sie Schrift schreiben, Vossberg, Sie erschaffen Ästhetik und Schönheit.«

»Ist mir klar, Herr Professor.«

»Wohlan, und schon sind wir ein Stück weiter auf dem Weg, die Bedeutsamkeit von Schrift zu erfassen. Bitte machen Sie sich auch mal bewusst, dass das gesamte ABC ein verschworenes Bündnis von Buchstaben ist, das sich unaufhörlich zu Worten paart, um die Botschaften großen Geistes zu verkünden.«

»Man paart sich, ich habe verstanden, Herr Professor.«

Brand ließ noch mal genüsslich seine Augen über die Brüste der Venus streifen und bemerkte dann generös: »Gut, dann lassen wir das mal so stehen.«

Im Unterricht schulte er seine Studenten*innen mit dem Schreiben von Einzelbuchstaben, um ihnen ein Gefühl für das individuelle Wesen jedes Buchstabens zu vermitteln. Für das Schreiben von Fließtext legte er zum Beginn seiner Stunden jeder Studentin, jedem Studenten, einen Zettel mit einem Zitat aus der Schatztruhe der Deutschen Literatur auf den Platz. Geschrieben wurde generell immer auf einem mattweißen, holzfreien 200 Gramm Papier im Format A2. Vor dem Schreiben zogen die Studenten*innen sich mit einem 2H-Bleistift zarte Führungslinien, drei an der Zahl. Die obere bestimmte die maximale Höhe der Versalien, also der Großbuchstaben, die mittlere diente als Korsett für die Kleinbuchstaben, die untere letztlich galt als äußerste Begrenzung der Unterlängen, also für das g oder j oder p oder q oder y.

Gus lechzte nun danach, zu erfahren, welch sündigen Schriftkörper der Professor als nächsten kreieren würde. Inzwischen hatte sich seine Kommilitonin Dorothea, in ihrer schwäbischen Heimat »Dorle« genannt, lautlos, so wie es der Würde des schöpferischen Momentes entsprach, zu ihnen gesellt und sah verzückt zu.

Gus war mal in den Gängen des Fotolabors im Schummerlicht mit einem entwickelten Rollfilm um eine Ecke gebogen und dabei auf ihre kolossale Oberweite geprallt.

Er war daraufhin zu Boden gegangen. Dorle hatte erschrocken »Heilands Säggle!« gerufen und ihm lachend wieder auf die Beine geholfen. Beide hatten sich spontan umarmt, was der Peinlichkeit die Nahrung raubte. Seit dieser kuriosen Begegnung verband sie eine gegenseitige Sympathie. Natürlich gehörte Dorle zum Kreis der Kunststudentinnen auf der Akademie, welche diesen stets in schwarzen Kaschmir gekleideten Professor mit den silbergesträhnten Haaren und der dezent gebräunten Haut vergötterten. Seine schlanken, manikürten Hände vereint mit einem Marderhaarpinsel raubten allen Frauen den Verstand. Dieser Magier machte sich nun daran, ein großes O zu gebären. Exakt dieser Buchstabe forderte vom Künstler alles. Hierbei ging es jetzt mittels eines mit Tinte getränkten Pinsels und sensibelster Handhabung um die Erschaffung einer sensibel ausbalancierten, kreisrunden Schwellung. Kein handgeschriebenes O wird jemals gleich sein, nie. Es gab keinen Punkt, an dem man beim Schreiben eines Os mal verschnaufen konnte wie beim G oder B oder P, ein O musste man konzentriert durchziehen, bis seine Form sich geschlossen hat. Der kleinste Fehler war wie ein falscher Ton, geschehen und versaut.

Professor Brand begann stets mit der linken Hälfte und kam hervorragend in die erste Biegung. Ruhig, ganz ruhig führte er den Pinsel, hielt gekonnt die Spannung aufrecht und bog mit angehaltenem Atem in den unteren Bogen ein, den er bis zu dessen Mitte makellos vollendete. Nun allerdings wartete die rechte Hälfte auf ihn, die alles entscheidende Gegenkraft, die letztlich darüber entschied, ob sich das Werk im Gleichklang der beiden Bögen zu einem vollendeten Ganzen schloss. Hochkonzentriert begann er den Strich, drohte für einen winzigen Augenblick aus der Ideallinie zu rutschen, fing sich jedoch gleich wieder ein und erreichte souverän den erwünschten Anschluss an die linke, untere Buchstabenhälfte. Ein bildschönes O war geboren. Die winzige Stelle, an welcher er für einen Bruchteil einer Sekunde fast gepatzt hatte, gerade dieser Hauch von Fehlbarkeit, exakt die war es, welche dem O sein exklusives Siegel verlieh. In der Anarchie der Individualität steckt die Formel wahrer Schönheit.

Mittlerweile hatten sich noch weitere Kommilitonen*innen dazugesellt, um dem Schöpfungsakt beizuwohnen. Es herrschte atemlose Stille. Professor Brand schrieb ein O. Beeindruckend, wie der Mann es verstand, jedem Buchstaben seine ganz persönliche Note zu verleihen, diesen unverwechselbaren »Schnitt«, wie es in der Typographie hieß, in deren Geschichte große Schriftenschneider im Laufe der Jahrhunderte zu Ruhm und Ehre gelangten. Einer der bedeutendsten Typographen Europas im 18. Jahrhundert war der italienische Stempelschneider Giambattista Bodoni, der seinem schönen Kind folgerichtig den Namen »Bodoni« gab. Ein Klassiker in jeder Schriftsetzerei. Auch die Garamond, die Baskerville oder die Caslon hatten ihre Väter: Claude Garamond. John Baskerville. William Caslon. Dieser Tradition verpflichtet, verlieh Professor Hans-Werner Brand, Dozent an einer Berliner Kunstakademie, seiner Schriftschöpfung den Namen »Brand«. Seine Studenten schrieben und schrieben sie wieder und wieder auf ihre Papierbögen und schafften es doch nicht, die Perfektion des Meisters zu erlangen. Gus war bewusst, dass es niemals eine »Vossberg« geben würde, dafür reichte sein Talent nicht aus. Sein Ehrgeiz allerdings auch nicht.

Fast das komplette Semester trat heran, um diesem Buchstaben die Aufwartung zu machen. Dorle ließ mit einem lauten »Hedwich, mei Drobbe!« ihrer schwäbischen Begeisterung hemmungslos freien Lauf. Professor Brand kannte in seinem Anspruch kein Erbarmen, für ihn waren die Studentinnen und Studenten verpflichtet, sich durch unermüdliches Üben aus den Niederungen der Mittelmäßigkeit bis zu einem Minimalniveau hochzuarbeiten, und damit das große Privileg der Teilnahme an seinem Unterricht zu rechtfertigen. Nach dem

O wirkte er noch leicht erschöpft, genoss aber den Moment wie eine glückliche Mutter mit ihrem prächtigen Neugeborenen im Arm. Hochmotiviert löste sich die Zuschauergruppe auf und alle stürzten an ihre Tische, um sich gleichermaßen an einem O zu versuchen, obgleich ihnen die Aussichtslosigkeit ihres Unterfangens bewusst war. Professor Brand reichte Gus mit einem »Vossberg, er gehört Ihnen« den Pinsel, erhob sich und ging einen Tisch weiter zu Dorle, die ihm ergeben ihren Stuhl anbot. Er warf kurz einen flüchtigen Blick auf ihr bisher Geleistetes, bemerkte großmütig: »Nun ja, so weit, so gut«, und begann aufs Neue sein einzigartiges Schaffen.

Gus tauchte indessen tapfer seinen Pinsel in das Tintenfass und setzte gerade zum ersten Strich an, als er hinter sich die Stimme von Moon vernahm: »Komm, zeig mal, was du drauf hast, ich will jetzt was sehen.«

Gus erschrak. »Mann, Moon! Beinahe hätte ich den Strich verrissen.«

»Hu! Katastrophe!«

Moon hatte seinen Spitznamen wegen einer halbmondförmigen Narbe über seinem rechten Auge, das Stigma eines frühkindlichen Unfalls mit seinem Fahrrad. Auf dem Weg zur Schule war er – wie immer verspätet – mit solcher Wucht gegen einen Laternenpfahl geknallt, dass er bewusstlos liegen blieb. Eine Passantin hatte gellend »Das Kind ist tot!« geschrien. Moon wachte aber wieder auf und erinnerte sich noch an die aufgeregte Menschenmenge. Sogar ein Verkehrspolizist, der auf der Straßenkreuzung den Verkehr regelte, eilte hinzu, um erste Hilfe zu leisten, und wiederholte unablässig die Frage: »Wie heißt unser Bundespräsident? Wie heißt unser Bundespräsident? Wie heißt unser Bundespräsident?«. Als Moon »Adolf Hitler« antwortete, eilte der Beamte in eine Bäckerei, um von dort einen Krankenwagen zu ordern. Moon lag immer noch platt auf dem Asphalt und sortierte seine Erinnerungen. Eine aufgeregte Frau wollte von ihm wissen, ob ihm übel sei: »Ist dir schlecht, mein Kind, ist dir schlecht? Ist dir schlecht, mein Kind?« Moon schüttelte ganz vorsichtig den Kopf, spürte aber, wie die sich ständig wiederholende Fragerei in ihm langsam Übelkeit verursachte und er sich gleich übergeben würde. Ein dicker Mann mit Hornbrille rief: »So bringt ihn doch in die stabile Seitenlage!« Aber Moon fand, er lag prima. Endlich kam ein Krankenwagen und fuhr ihn ins Krankenhaus. Dort diagnostizierte man eine leichte Gehirnerschütterung, dann durfte er heim.

Als er zu Hause klingelte, fragte seine Mutter hinter der Tür leise: »Herr Kroll?«

»Ich bins, Marian. Wer is'n Herr Kroll?«

»Marian? Du um die Zeit? Ich denke, du bist in der Schule?« Sie öffnete die Tür und erschrak, als sie seinen Kopfverband sah. »Große Güte, wie siehst du denn aus, Kind?«

»Ich bin gegen einen Laternenpfahl geknallt. Wer is'n Herr Kroll?«

»Mensch, der … der … Elektriker. Warum machst du denn so was?«

Richtig hieß Moon Marian Kanzel. Sein Vater war Nähmaschinenvertreter und viel auf Reisen. Für Moon waren Nähmaschinen wahre Wunderwerke, sie faszinierten ihn total und er fing schon früh an, sich auf einer SINGER eigene Kleidung zu schneidern. Seine Mutter sah ihn später als berühmten Modeschöpfer, fürchtete aber, dass er schwul werden könnte, irgendwo zwischen Hetero und Nähmaschine lauerte in ihren Augen die Homosexualität. Aber Moons Freude am Schneidern beschränkte sich ausschließlich auf seinen Eigenbedarf und seine persönliche Vorstellung von Kleidung, fern jeder trendigen Bevormundung. Sein Stil hatte einen Grundton: Weiß. Weiß war für ihn die Akkumulation aller Farben, die sich im Weiß ihrer individuellen Farbgebung entledigten, um im Verzicht eins zu sein. Somit war Weiß alles und nichts – die Urzelle unseres Seins, quasi der visuelle Urknall. Unter Alkoholeinfluss hielt Moon zu diesem Thema gefürchtete Monologe. Es hieß immer: »Sprich ihn um Gottes Willen nicht auf seine Klamotten an.« Aus seiner weißen Weste – er trug grundsätzlich über allen Hemden eine weiße Weste – baumelte eine silberne Uhrenkette mit einer echten Tissot-Taschenuhr, ein Erbstück seines geliebten Opas. Viele fragten ihn bewusst nach der Zeit, nur um zu genießen, wie lässig er dieses Schmuckstück aus seiner Westentasche zog und den Deckel in einer einzigen, fließenden Bewegung mit einem trockenen »Tock« aufklappte. Weil er es immer vergaß, sie aufzuziehen, stand die Uhr ständig still, also fragte er dann immer: »Weiß jemand, wie spät es ist?« Wegen erblich veranlagten, frühzeitigen Haarausfalls rasierte er sich seinen Kopf konsequent kahl, schlussendlich rundete ein silberner Ring in seinem rechten Ohr sein extravagantes Erscheinungsbild ab. Wegen einer verdrängten Kurzsichtigkeit bediente er sich mal beim Aktzeichnen einer sehr speziellen Methode, um die Proportionen des Modells – in diesem Fall Lydia, einer jungen Balletttänzerin, die sich mit Modellstehen an der Kunstakademie etwas Geld verdiente – zu ermitteln. Seine Aktion ging als vergnügliche Anekdote in die Geschichte der Kunstakademie ein.

Um eine Person auf das Papier zu übertragen, bedienten sich die Studenten*innen normalerweise von ihrer Staffelei aus eines probaten Hilfsmittels: sie peilten mit ihrem Daumen den Kopf des Modells an und ermittelten dann, wie oft er untereinander in ihren Körper passte. In der Regel, bei normal großen Menschen, gut sechs Mal, bei größeren durchaus sieben, in Extremfällen schon bis zu acht Mal, bei einer Giraffe ungefähr dreißig Mal, dafür mussten sie aber in den Zoo gehen.

Mit Hilfe eines Daumens also verschafften sie sich die groben, anatomischen Eckdaten, übertrugen sie auf ihr Papier und konnten somit, was die Körpermaße betraf, nicht falsch liegen. Alle großen Künstler hatten sich dieser Methode bedient, alle Meisterwerke der Malerei basierten auf dieser Daumentechnik, die letzte Feinabstimmung machte ein »gutes Auge«. Hatte jemand ein schlechtes Auge, so hieß es: »Sie schauen ja gar nicht hin? Lernen Sie doch erst mal richtig zu sehen.« Recht hatte er, der Dozent. Die Wahrnehmung des Menschen ist grundsätzlich flüchtig und konfus, jeder Kriminalkommissar kann das nach Zeugenbefragungen bestätigen. Der eine sah den Täter in einem roten VW daherkommen, der andere in einem grünen Opel, er war kräftig und hatte lange Haare oder hager und hatte einen Bart. Auf das Auge des Menschen war also nicht Hundertprozent Verlass. Aber er hatte ja seinen Daumen.

Moon wollte in diesem besagten Moment, an diesem Vormittag im Aktsaal, aber noch genauer hinschauen, die Daumentechnik war ihm auf die Entfernung einfach zu wenig verlässlich. Er verließ seine Staffelei, ging geradewegs nach vorne zu Lydia und maß nach, wie oft die Länge seiner Zeichenkohle zwischen ihre Brustwarzen passte. Die beiden Nippel erschienen ihm als ideale Fixpunkte. Lydia war erst verwirrt, ordnete Moons Aktion aber umgehend als seriös ein und streckte ihm sogar hilfreich ihren Oberkörper entgegen, um damit einen konstruktiven Beitrag zum Gelingen seiner Zeichnung zu leisten. Ihre Ballettausbildung kam ihr beim Modellsitzen sehr zugute, sie verharrte in Positionen, die kein untrainierter Mensch lange durchhalten könnte. Bewegen sollte ein Aktmodell sich nämlich so wenig wie möglich, damit die Studentinnen und Studenten die Anatomie in Ruhe studieren konnten. Die geringste Veränderung einer Stellung verschob automatisch die Muskulatur und schuf damit eine neue Perspektive. Solche Abweichungen irritierten, andererseits galten sie bei den Studenten*innen auch als willkommene Ausrede, einen Zeichenfehler mit »Das Modell hat sich bewegt« zu begründen. Eine Frechheit, denn Lydias eiserne Disziplin war ihr Kapital. Bat der Dozent sie jedoch darum »Bitte kurz den gluteus maximus bewegen!«, war sie in der Lage, ihre Gesäßmuskulatur wunschgemäß hoch- und runterzucken zu lassen. Es sah aus wie ein Zauberkunststück.

»Was schreibst du denn da?«, fragte Moon, der sich über Gus Tisch gebeugt hatte.

Gus las von einem Zettel vor: *»Jener glaubt etwas zu wissen, weiß aber nichts; ich weiß zwar auch nichts, glaube aber auch, nichts zu wissen.«*

»Hä? Wer weiß was nicht? Da hat Brandy sich ja wieder was Feines ausgesucht.« Brandy hieß der Professor intern.

»Zitat von Sokrates.«

»Na, klar. Immer ins Volle.«

Gus stöhnte: »Ein S – diesen Fleischerhaken – schreib ich ja gar nicht so gerne. Nichts, nichts, wissen, wissen…s-s-s-s…scheiß S.«

»Pass auf, dass Brandy das nicht hört«, zischelte Moon.

»Sag mal, hast Lust auf 'n Kaffee?«

»Gute Idee.« Gus legte seinen Pinsel beiseite und stand auf. »Kann mich gerade auch schlecht konzentrieren. Hab immer noch die Venus von Milo vor Augen, macht mich ganz nervös.«

»Dann lass uns«, sagte Moon.

Auf dem Weg zur Tür kamen sie am Tisch von Ferdinand vorbei. »Interessant.« Moon beugte sich zu ihm herunter und begutachtete sein Werk.

Ferdinand verzog das Gesicht: »Interessant?«

Moon grinste. »Du, ehrlich, ich find's wirklich interessant. Sieht aus wie ein abgebrochener Lattenzaun.«

»Lattenzaun? Das ist ein M, du Pappnase.«

»Schon gut, schon gut. Besser kann ich's auch nicht. Komm, wir gehen Kaffee trinken, bist dabei?«, fragte Gus.

»Überredet.« Ferdinand erhob sich von seinem Stuhl.

Vor dem Fahrstuhl ins Erdgeschoss zur Mensa öffnete sich mit einem »Kling!« die Fahrstuhltür und vor ihnen stand eine Gruppe von Studenten des Fachbereichs Werbung aus dem oberen Stockwerk, die ebenfalls auf dem Weg ins Erdgeschoss waren und sie mit frostiger Miene anstarrten. Moon trat mit angewidertem Gesicht demonstrativ einen Schritt zurück, als wäre ihm ein Trupp Aussätziger begegnet, und sagte: »Danke, wir nehmen lieber den nächsten.« Die beiden Fachbereiche waren sich gegenseitig von Herzen abgeneigt. In den Augen der Grafiker waren die »Werber« allesamt »Reklamefritzen«, Handlanger der Wirtschaft, gedungene Gehilfen, geschult, um mittels perfider Werbekampagnen den Verbraucher zum Konsum zu verleiten und dafür Sorge zu tragen, dass er mit dem, was er hat, nie zufrieden ist. Das war der Kreislauf einer prosperierenden, freien Marktwirtschaft, der Urzelle des Kapitalismus. Berlin war eine Zweieinhalbmillionen-Menschen-Stadt westlicher Prägung, mitten im Herzen eines sozialistischen Menschenversuchs namens DDR, des sogenannten Arbeiter- und Bauernstaates, die völlig vom Geldhahn der BRD und dem Zustrom von westdeutschen Wehrpflichtflüchtlingen am Leben erhalten wurde. Sie war im Vergleich mit anderen gleißenden Metropolen, wie Frankfurt, München, Hamburg oder Düsseldorf, in Wirtschaft und Kultur eher grau, wiederum sprossen aus den Ritzen ihres schmuddeligen Asphalts besonders bunte Pflänzchen, die der Stadt eine spezielle Energie und Farbigkeit verliehen. Darunter waren nicht nur freie Theater, Protestbewegungen, alternative Initiativen und revolutionäre Zellen, sondern hier und da auch kleine Werbeagenturen, die in diesem eingemauerten Markt permanent versuchten, ihrer Konkurrenz mit origineller Kreativität die Kunden wegzuschnappen. Nach einem Examen als ausgewiesener »Werbewirt« zog es also den/die Absolventen/in der Akademie eher in die Bundesrepublik zu den schillernden Agenturen, wo sie es mit internationaler, großkalibriger Kundschaft zu tun hatten und weniger mit regionalen Möbelhändlern oder Herstellern von Currywurstsoßen. Aber die Werber brauchten Leute, die ihre Ideen visualisierten, und das waren die Grafiker. Die freilich verstanden sich mehrheitlich zuerst als Künstler, sie malten, zeichneten und gestalteten frei und losgelöst von irgendwelchen Zwängen, die meisten hatten ganz und gar nicht die Absicht, sich von einem »Reklamefritzen« in ihrer Kreativität bevormunden zu lassen. Der große Teil der oft hochbegabten weiblichen Kommilitoninnen hatte vor allem kein Bock auf Stress, schon gar nicht auf Frust, aber der gehörte zu dem Beruf, wie Bakterien auf die Türklinke. Für die meisten Studenten*innen schlossen sich Kunst und Stress aus. Kreativität benötigte einen unabdingbaren Reifeprozess, musste abhängen wie ein gutes Stück Fleisch, Hektik und Druck waren kontraproduktiv, ein Garant für ein minderwertiges Ergebnis. Die Absolventen*innen wollten Schönes und Berührendes schaffen, den Alltag optisch ästhetisieren, sinnvolle, grafische Projekte entwickeln und nicht profane Werbemittel wie Prospekte, Flyer oder Handzettel für Industrie und Handel kreieren, die man anschließend verdreckt zuhauf in Mülleimer gestopft oder hingeworfen in Treppenfluren oder vor Hauseingängen wiederfand.

Gus, Moon und Ferdinand setzten sich in die Mensa. »Du, hör mal, Gus. Was is'n eigentlich aus deinem Praktikum geworden?«, fragte Moon.

»Da ist alles klar.«

»Wie heißt'n der Laden?«

»Buchdruckerei Concordia.«

»Concordia? Ist das nicht irgend so eine Göttin? Göttin der … Eintracht, oder?«

Gus grübelte. »Ich glaub in der griechischen Mythologie, aber frag mich nicht. Und wie sieht's bei dir aus, Moon? Machst'n Job in den Ferien?«

»Werde vier Wochen beim Sender Freies Berlin den Büroboten machen. Soll ziemlich locker sein, hörte ich.«

Gus drehte sich um. »Hey, da kommt Ole!«

»Moin-Moin, Freunde!« Ein kleiner, stämmiger Kerl mit rotblondem Vollbart und Nickelbrille war an ihren Tisch getreten.

»Moin, Ole!«, antworteten alle drei fast synchron.

Ole war der Älteste in ihrem Semester und schon Ehemann und Vater von zwei Kindern. Ursprünglich stammte er aus einer nordfriesischen Kleinstadt an der Nordseeküste, hatte dort in einer kleinen Buchdruckerei Bleisetzer gelernt und war dann nach Berlin gezogen, wo er sechs Jahre in der Buchdruckerei Concordia als Geselle arbeitete, um anschließend das Studium für Grafik-Design dranzuhängen. Mit Frau und Kindern war das mutig, aber er arbeitete schon nebenbei für eine kleine Agentur und kam damit über die Runden. Wie zu erwarten, fühlten sich seine alten Setzerkollegen in ihrer handwerklichen Ehre verletzt, weil Ole eine kunstakademische Karriere ihrem achtbaren Beruf vorzog. Allen Warnungen zum Trotz, er ließ sich nicht aufhalten. Außerdem tat ihm von dem andauernden Stehen vor den Setzkästen der Rücken weh. Seine praktische Erfahrung brachte ihm auch auf der Akademie bei seinen Kommilitonen große Anerkennung ein, folgerichtig machte ihn das zum Lieblingsschüler Professor Brands, der typographische Fachkenntnisse aus der Praxis des Setzerhandwerks äußerst schätzte.

Ole fragte Gus: »Ich wollte doch unbedingt wissen, ob das mit der Buchdruckerei Concordia geklappt hat?«

»Hat geklappt, sorry, Ole – hatte ich dir noch gar nicht gesagt, ja, Volltreffer! Ich habe mich gestern vorgestellt. Sind ja auf dem ersten Blick ganz schön schräge Vögel darunter.«

»Du sagst es, aber man kann gut mit ihnen klarkommen.«

»Diese Wiedehopf ist ja pfielleicht eine ganz Verdorbene.«

Ole lachte. »Da sagst du was. Haben sie denn schon gesagt, wann du anfangen kannst?«

»Gleich kommenden Montag, wenn die Semesterferien beginnen.«

»Da fange ich meinen Bürobotenjob auch an«, bemerkte Moon.

»Echt? Wo denn?«, fragte Ole neugierig.

»Beim Sender Freies Berlin.«

»Vielleicht wird er mal Star-Moderator?«, witzelte Ferdinand.

Moon grinste und sagte nur: »Ihr hört von mir.«

Professor Brand hatte sich in der Zwischenzeit auch eine Pause gegönnt. Er saß in seinem Zimmer, las Typo-Magazine und sichtete seine Post, die ihm Frau Schöpke, Sekretärin der ersten Stunde, »das gute Stück«, wie er sie nannte, auf den Tisch legte. Heute lagen einige Briefe und zwei Kataloge mit Mal- und Zeichenartikeln dabei – und eine große, braune Rolle. Sie machte ihn neugierig. Es kam öfter vor, dass Leute ganz gezielt ihm persönlich ihre Arbeiten zur Begutachtung schickten und sie nicht pauschal an das Akademie-Büro adressierten. Das schmeichelte ihm.

Er drehte die Rolle in seinen Händen. Die Anschrift war handgeschrieben, im harmonisch fließenden Duktus, wie er feststellte. Als Absender stand:

Magno Malente, La Hermosa, España.

So sehr er sich auch anstrengte, aber er kannte keinen Magno Malente, beim besten Willen nicht. Vorsichtig löste er die Klebestreifen und stieß auf einen weißen

Plastikdeckel. Geschickt zupfte er die Klammern raus, hob den Deckel ab und zog behutsam einen großen Bogen 200 Gramm Zeichenkarton im Format A2 heraus, der zusätzlich in Pergamentpapier eingewickelt war. Er schüttelte noch mal die Rolle – und richtig, es lag ein Brief dabei. Er würde ihn gleich lesen, aber noch neugieriger war er darauf, was sich auf dem Papierbogen befand. Er zog das Pergamentpapier ab und fühlte die matte Oberfläche des Zeichenkartons zwischen seinen Fingern, dann stand er auf, breitete den Bogen auf dem Tisch aus und war beeindruckt und verwirrt zugleich. Auf dem Papier war mit Pinsel in edelster Antiqua ein Satz geschrieben:

Das Leben ist der Güter höchstes nicht, der Übel größtes aber ist die Schuld.
Friedrich Schiller

Signiert war das Blatt, ganz klein, unten rechts mit »Emilia«. Brand schluckte. Ihm wurde heiß und seine Mundhöhle trocken. Er setzte sich, trank aus der Mineralwasserflasche auf seinem Tisch und ging zum Fenster. Am Himmel trieb der Wind die Wolken wie eine Schafherde vor sich her, weiter und weiter in Richtung Süden, bis sie am Horizont zu einem riesigen Klumpen verschmolzen. Dann ging er wie ein Tier im Käfig auf und ab, vom Fenster zur Tür, von der Tür zum Fenster, vom Fenster zu Tür … irgendwann blieb er stehen, setzte sich wieder, nahm sich den beiliegenden Brief zur Hand und las:

Hochverehrter Herr Professor Brand,

lange habe ich mit mir gerungen, ob ich Ihnen Ihre kostbare Zeit mit meinem Anliegen rauben darf, will es aber schließlich doch wagen, mich an Sie zu wenden.

Erlauben Sie mir, mich Ihnen kurz vorzustellen, Ich lebe seit Jahren unter meinem Künstlernamen Magno Malente auf der Insel La Hermosa und habe mich ganz der Kalligraphie verschrieben. Ursprünglich stamme ich aus Deutschland. Darf ich sagen, dass wir uns im Leben schon mal begegnet sind? Gewiss wird sich eine Koryphäe wie Sie, werter Herr Professor, nicht mehr an einen unbedeutenden Studenten namens Hans-Jürgen Grunsch erinnern? Ich studierte damals im gleichen Semester wie Emilia, Emilia von Lerchenbeerg, die so begnadet Schrift schreiben konnte und mit der mich eine tiefe Freundschaft verband. Die beiliegende Arbeit ist, wie Sie natürlich sofort bemerkt haben werden, von ihr, deren Werke in meiner Galerie eine Glanzrolle spielen, und ich bin also stolz darauf, sagen zu dürfen, dass ich im Besitz des größten Teils ihres Schaffens bin.

So unendlich glücklich mich das auch macht, so unglücklich bin ich darüber, Ihnen offenbaren zu müssen, dass der Aufbau eines neuen Lebens, einschließlich der Realisierung von Projekten, wie das eines großen Kunstzentrums hier vor Ort, meine vorhandenen Mittel weit übersteigt. Schweren Herzens habe ich mich daher entschlossen, Ihnen Werke von Emilia zum Kauf anzubieten. Bei wem sonst wären diese exzellenten, kalligraphischen Kunstwerke eines so außergewöhnlichen Talentes besser aufgehoben als bei Ihnen? Unvorstellbar, sie in fremden Händen zu wissen. Ich bin überzeugt, wir werden uns gewiss über einen angemessenen Betrag einigen. Da ich in naher Zeit aus beruflichen Gründen zu einem Projekt nach London fliegen muss, könnte ich einen kurzen Aufenthalt in Berlin einplanen, um alles mit Ihnen persönlich zu besprechen

Ihrer wohlwollenden Antwort sehe ich schon jetzt mit Dankbarkeit entgegen,
Ihr Magno Malente

P.S. Darf ich Ihnen noch gestehen, werter Herr Professor, dass ich ein glühender Verehrer Ihrer Brand Antiqua bin? Eine Schrift von wahrhaft zeitloser, ewig währender Schönheit.

Professor Brand stützte seinen Kopf in beide Hände. Na klar, Emilia von Lerchenberg, das Ausnahmetalent, seine ehemalige Schülerin, wie könnte er sie jemals vergessen, aber dieser Grunsch, Hans-Jürgen Grunsch – wer war das? Er grübelte und grübelte und suchte nach Gesichtern. Dann, ganz langsam baute sich da etwas in ihm auf. Hans-Jürgen Grunsch, war das nicht so ein langer, hagerer Kerl mit Bart? Richtig, jetzt sah er ihn wieder deutlich vor sich. Der also nannte sich jetzt »Magno Malente«? Aber was verstand er bitteschön unter einem »angemessenen Betrag«? Doch was ihn noch viel nachdenklicher machte, warum schickte er ihm dieses Zitat von Schiller? Gewiss, sein Faible für Aussprüche und Lebensweisheiten großer Geister war berüchtigt, doch dieses spezielle Zitat verwirrte ihn. Was genau wollte dieser Malente ihm damit sagen? Verfügte dieser Mensch wahrhaftig über Arbeiten von Emilia? Er klopfte eine Weile mit seinem rechten Fuß rhythmisch auf den Boden, schaute an die Wand und überlegte, dann schlug er entschlossen auf den Tisch, murmelte »So mach ich das«, griff sich das Schriftstück, rollte es behutsam zusammen, atmete tief ein und verließ den Raum. Einen Moment später stand er vor dem versammelten Semester.

»Meine Damen und Herren«, verkündigte er, »darf ich einen Augenblick um Gehör bitten?«

Alle unterbrachen ihre Tätigkeiten und wandten sich ihm zu. Er ging nach vorne, so dass ihn auch alle sehen konnten, und hob den eingerollten Bogen hoch. »Diese Post erreichte mich heute, Absender ist ein Mann namens Magno Malente. Ich vermute, er ist keinem von Ihnen bekannt? Oder?«

Alle schüttelten den Kopf.

»Wie auch immer«, er machte eine Pause und holte tief Luft, »das hier«, er drehte die Rolle in seinen Händen, »müssen Sie sich ansehen.«

Im Raum herrschte angespannte Stille. Alle platzten vor Neugier und starrten auf den Professor. Der entrollte nun ganz behutsam den Bogen vor sich auf dem Tisch und hob ihn dann mit beiden Händen hoch. »Können Sie alle sehen? Nun?«, er ließ seine Augen über die sprachlosen Gesichter wandern, »was sagen Sie? Diese Zeilen sind wie von einem Zauberstab dirigiert, sie scheinen einem zuzufliegen. Beachten Sie die Schwünge, diese Leichtigkeit, diese grandiose Harmonie der Linien. Das ist der Olymp der Schreibkunst.«

Moon flüsterte: »Genial.«

»Können alle sehen?«, wiederholte der Professor noch mal. »Schauen Sie sich nur dieses D an, schauen Sie sich das an. Nun, dieses Meisterwerk stammt, wie hier unten steht – können alle sehen? – von einer Emilia, Emilia von Lerchenberg, eine ehemalige Studentin unserer Akademie. Dieser Herr Malente scheint ein Kunstsammler, ein Verwalter der Arbeiten Emilias zu sein und bietet mir Bilder von ihr zum Kauf an. Gerne würde ich mehr über ihn erfahren. Wie er mir schrieb, lebt und arbeitet er auf der Insel La Hermosa, einer Insel im Atlantik in der Nähe der Kanarischen Inseln. Nun werden Sie sagen, warum machen Sie sich nicht selbst dahin auf, lieber Professor? Nun, ich muss Ihnen gestehen, dass ich pathologische Flugangst habe, also fällt diese Möglichkeit für mich aus, aber ich könnte ja jemanden anderen hinschicken, nicht wahr? Also frage ich Sie frei heraus: Hätte jemand von Ihnen Lust, nach La Hermosa zu fliegen, sich ein bisschen umzuschauen und diesen Herrn Malente für mich näher kennenzulernen? Sagen wir, eine Woche – von mir aus auch zwei Personen – inkl. Unterkunft und Verpflegung, alles frei. Na? Was meinen Sie?«

Ein Raunen erfüllte den Raum.

»Lassen Sie sich das bitte durch den Kopf gehen. Vielleicht gibt es nach der Mittagspause schon zwei Interessenten, das würde mich sehr freuen. Bitte kommen Sie dann in mein Büro. Ich danke Ihnen für Ihre Aufmerksamkeit.« Der Professor rollte den Bogen wieder ein und verließ den Raum.

Es bildeten sich kleine Grüppchen, die aufgeregt miteinander diskutierten. Wann bekommt man schon mal eine Woche Urlaub geschenkt? So spontan jedoch war es für die meisten indessen nicht zu regeln, viele hatten die nächsten Monate verplant oder längst anderweitige Verpflichtungen. Dann gab sich Gus einen Ruck. »Also, echt – ich mach das«, sagte er, »so ein Angebot bekommst du nicht alle Tage. Eine Woche Inselurlaub, is' doch riesig. Mal raus aus der Stadt.«

»Mensch, Gus, klar«, ermunterte ihn Dorle.

»Find ich auch.« Ferdinand klopfte Gus auf die Schulter.

»Und ich auch!« Moon grinste breit. »Ich bin dabei. Wenn ich das nach meinem Botenjob regeln kann, das passt. Unter diesen Bedingungen besuche ich jeden Menschen in dem hintersten Winkel der Erde.«

Gus lachte. »Das hört sich doch gut an, Mann.«

»Dann gehen wir mal zum Reiseveranstalter. Hm? Was meinst du?« Moon schaute Gus fragend an.

»Lass uns das gleich buchen«, antwortete Gus. »Komm!«

Sie gingen den Gang entlang zum Zimmer des Professors. Gus klopfte an.

»Ja, bitte?«, erklang es von drinnen.

Sie traten ein. »Na, das ging ja flott«, sagte der Professor erfreut. »Sie nehmen also mein Angebot an, verstehe ich das richtig?«

»Sie sagen es«, sagte Gus.

»So setzen Sie sich doch«, der Professor bot ihnen zwei Stühle an. »Na, das freut mich«, sagte er und fügte leise hinzu: »Ich möchte mit Ihnen aber noch etwas besprechen. Es gibt da zur Emilia noch einen Hintergrund, den Sie wissen sollten. Ich hatte ja schon mal gefragt: Sie kannten sie nicht, oder? Emilia von Lerchenberg?«

»Nee, nicht dass ich wüsste«, antwortete Gus.

Moon kratzte sich den Kopf: »Nein, nie gehört.«

»Nun, sie war, wie ich vorhin schon sagte, vor einigen Jahren auf dieser Akademie, ein Riesentalent und im Schreiben von Schriften hochbegabt. Ihr stand eine große Karriere bevor, aber eines Tages – und das ist nun das Besondere an diesem Fall – kam sie von heute auf morgen nicht mehr in die Akademie. Sie war verschwunden, spurlos verschwunden.«

»Einfach verschwunden?«, fragte Gus verdutzt.

»So ist es. Nun, Emilia galt wohl als introvertiert und scheu, die wenigen Menschen, die sie besser kannten, zum Beispiel ihre Eltern, attestierten ihr aber zugleich ein großes Fernweh und die Fähigkeit zu emotionalen Entscheidungen, Emilia soll also durchaus zu verrückten Entschlüssen in der Lage gewesen sein. Typisch Künstlerseele. Die Polizei schloss wohl einen kriminellen Hintergrund nicht aus, man wollte selbstverständlich alles in Erwägung ziehen, hielt aber ein bewusstes Aussteigerverhalten für durchaus denkbar. So was passiert täglich, sagte mir damals der Kommissar, der wegen ein paar Fragen extra in unsere Akademie gekommen war. Ein Trost, ein Hoffnungsschimmer für alle, die Emilia geliebt haben. Dennoch zog er ab, die Befragungen blieben ohne Ergebnis und ihre Akte landete auf dem Stapel mit den laufenden Ermittlungen, in dem sie mit der Zeit tiefer und tiefer nach unten rutschte. Und nun taucht plötzlich ein Malente auf und schickt mir ein Blatt von ihr. Sie verstehen jetzt? Ich bin neugierig. Wer ist der Mann und was weiß er vielleicht von Emilia? Ist das womöglich eine neue Spur?«

»Sollte man nicht die Polizei informieren?«, fragte Gus. »Ich meine …«

»Aber nein, im Augenblick gibt es doch gar keinen Grund. Weil ein Mann mir ein Blatt einer vermissten Kunststudentin schickt? Ich bitte Sie. Wer weiß, wie viele Exponate von Emilia noch überall herumschwirren. Auf gar keinen Fall sollten Sie sich aber als Studenten unserer Akademie zu erkennen geben, sondern ganz locker den Kontakt zu ihm suchen, ohne seinen Verdacht zu erregen, dass Ihr Besuch in irgendeinem Zusammenhang mit seiner Post an mich steht. Also noch mal: Ich würde zu gerne mehr von ihm und seinem Umfeld wissen, über den Umfang der Arbeiten, über die er von ihr verfügt – und natürlich, was er über Emilia weiß.«

»Nur zu verständlich«, sagte Moon, »wenn man einen Menschen gut kannte und geschätzt hat und man nicht weiß, was aus ihm geworden ist, das lässt einen nicht los.«

»Sie sagen es, Herr Vossberg. Ach, und sollte dieser Magno Sie fragen, was Sie beruflich machen, sagen Sie einfach …«

»Dann sage ich, ich bin Schriftsetzer«, sagte Gus.

»Und ich beim Sender Freies Berlin.«

»Na perfekt, das ist doch prima. Als Adresse nannte er, hier steht's ja: »Sta. Lucía, Apartado de Correos, 638.« Das ist eine Postbox und könnte durchaus bedeuten, dass er keinen Besuch möchte. Könnte, könnte, man weiß es nicht. Sie haben natürlich noch die Möglichkeit, falls Ihnen das alles zu kompliziert ist, Ihre Entscheidung zu revidieren, meine Herren.«

»Zu spät, Herr Professor«, sagte Gus, »wir sitzen schon im Flieger.«

»Sehr gut, bis nachher«, sagte der Professor und sah ihnen zu, wie sie den Raum verließen. Er überflog noch mal den Brief und ließ die letzten Jahre auf der Akademie Revue passieren. Privat ging es bei ihm in der Zeit ungleich bewegter zu. Vier Scheidungen hatte er schon hinter sich, auf eine fünfte wollte er sich nicht mehr einlassen. Anlass für die Trennungen, so jedenfalls hatten es alle seine Frauen vor Gericht angegeben, war seine Polygamie. Angeblich hätte er sie ständig mit seinen Studentinnen betrogen, was Brand so nicht stehen lassen wollte. Zweifellos war er als künstlerischer Mensch und ausgewiesener Ästhet der Schönheit und körperlichen Vollendung des weiblichen Geschlechts im höchsten Maße verbunden, das bestritt er nicht. Auch weilten hin und wieder Studentinnen bei ihm in seinem Haus am Großen Wannsee, mit denen er auf der Terrasse bei gepflegten Getränken über Kunst und Kultur und die großen Sehnsüchte und Träume des Lebens philosophierte. Solche Begegnungen aber, so bat Brand zu verstehen, dienten vorrangig der symbiotischen Bindung zwischen Lehrer und Schülerinnen auf dem Weg zu höchster, künstlerischer Reife.

Je nach Jahreszeit und Wetterlage lud er die jungen Frauen auch außerhalb der universitären Szene auf sein »Kapitälchen« ein, ein 8-Meter-Segelboot mit Stahlrumpf, das im Sommer am Steg vor seinem Haus lag. Brand hatte sich am See den Ruf eines unbekümmerten Seglers erworben, eines Jüngers Neptuns, der sich ohne Hilfe eines Außenborders, allein mittels Windenergie und unorthodoxen Manövern vorwärtsbewegte und sein Boot anfangs an manchen Steg gerammt oder ins Schilf gesetzt hatte. Gestrandet in den hohen Halmen verbrachte er häufig mit der Auserwählten notgedrungen die Nacht, für die er erstaunlicherweise mit stimmungsfördernden Getränken bestens vorbereitet war, wenn es ganz kalt kam, wärmte er seine Gestrandete auf Wunsch auch schon mal mit seinem Körper. Am nächsten Morgen ließen sie sich von einem vorbeikommenden Motorbootfahrer oder der Wasserwacht aus dem Schilf ziehen. In solchen Stunden hatte ihm eine junge Studentin, mit der er ein vor aller Öffentlichkeit verborgenes Verhältnis hatte, eröffnet, dass sie von ihm schwanger sei. Brand war ganz und gar nicht begeistert. Erstens liebte er seine Freiheit und zweitens keine Kinder. Sie waren laut, dominant und schmutzten und stahlen einem nur Energie und Zeit. Außerdem, nachdem man ihnen so unendlich viel Lebenszeit geschenkt hatte, wusste man nie, was mal aus ihnen werden würde. Es gab in seinem Umfeld unzählige Bekannte, die unter größten Mühen Nachwuchs großgezogen hatten, davon war nicht mal die Hälfte mit dem Ergebnis zufrieden. Missraten, nannte man so was. Zu viele unwägbare Faktoren hatten unerwünscht mitgemischt. Manchmal schlugen die Gene eines unsteten Onkels durch, mal die einer asozialen Schwiegermutter. Ihm war das alles zu riskant. Der Gesellschaft etwas schulden, das tat er nicht. Eher umgekehrt, die Gesellschaft schuldete ihm etwas, immerhin leistete er mit seiner Schreibkunst einen immensen Beitrag für die Ästhetik der Kommunikation, dem Herzschlag des gesellschaftlichen Körpers, den man nicht hoch genug einordnen konnte. Schließlich gehören Inhalt und Form untrennbar zusammen wie Zwillinge, niemand wird ihre Symbiose bestreiten wollen.

Das mit dem Kind war für ihn ein gewaltiges Problem und es wuchs mit der Schwangerschaft. Noch merkte man der Mutter äußerlich nichts an, aber das würde sich ändern und die Gesellschaft erfahren wollen, von wem dieses Kind stammte. Die Wahrheit wäre für ihn eine Katastrophe, sein Ruf hinüber. Er sah schon die schreienden Titel der sensationsgeilen Springerblätter in der Stadt vor seinen Augen: »Akademischer Sexist schwängert junge Studentin!« oder »Sodom und Gomorra an der Kunstakademie!«. Aber so sehr er seine Geliebte auch bedrängte, sie war von ihrer Entscheidung nicht abzubringen. Das war für ihn ein Riesenproblem – und das galt es zu lösen.

An einem kühlen Herbstabend lud er sie zu einem kleinen Törn auf dem Großen Wannsee ein. Eine Gewitterfront hatte Berlin überquert und zuckte und funkte am Horizont noch ohne Unterlass. Die Luft war merklich abgekühlt und wundervoll sauber und frisch. Das Wasser spiegelte das dunkle Grau des Himmels und es wehte ein idealer Wind. Zum Abend hin waren immer weniger Boote auf dem See. Mitten auf dem See gerieten sie über das leidige Thema wieder in Streit. Sie machte ihm Vorwürfe und noch mal energisch klar, dass eine Abtreibung für sie nicht infrage käme. Dass diese sanftmütige, junge Frau so resolut sein konnte, damit hatte er nicht gerechnet, hier schienen ihm genetisch angelegte, sture Fortpflanzungszwänge die Regie übernommen zu haben. Als er sie küssen wollte, riss sie sich los, rief »Lass mich!«, lief nach vorne zum Bug, hielt sich an der Wante fest und weinte. Dann ging alles ganz schnell. Eine starke Bö drückte urplötzlich in die Segel,

Brand riss noch das Ruder herum, aber das Boot geriet in eine starke Schieflage. Danach war das Vorschiff leer. Außer dem Pfeifen des Windes und den schlagenden Segeln hörte man nichts mehr, keinen Laut, keinen Schrei, sie war wie vom Wasser verschluckt. Weit in der Ferne sah man im Halbdunkel zwei Segelschiffe auf entgegengesetztem Kurs, ansonsten kein Mensch weit und breit. Brand war blass, aber gefasst. Er fuhr eine Wende und kreuzte den Weg zurück zu seiner Anlegestelle, dort vertäute er das Boot, machte sich danach in seinem Haus den Kamin an, goss sich einen doppelten Chivas Regal ein und schaute in die züngelnden Flammen. Ein grässlicher Fall, dachte er, die Summe unvorhersehbarer Faktoren, ein typisches Unglück. Er spürte großen Schmerz und Leere, aber da war auch ein Gefühl, dass wohl alles so kommen musste. Wie hieß es doch in Schillers »Wilhelm Tell«: »Rasch tritt der Tod den Menschen an, es ist ihm keine Frist gegeben, es stürzt ihn mitten in der Bahn, es reißt ihn fort vom vollen Leben.« Er ging alsbald schlafen, schließlich musste er morgen für den Unterricht ausgeruht sein, nichts hasste er mehr als ein müdes Gesicht und körperliche Vernachlässigungen.

Der Name der Unglückseligen war Emilia, Emilia von Lerchenberg.

Gus hatte prompt am Montagmorgen verschlafen, er war wie ein Verrückter durch die Straßen zur Druckerei gehetzt, die nur eine gute Viertelstunde Fußweg von seiner Wohnung entfernt lag. Atemlos stand er vor der Eingangstür und drückte den Klingelknopf. Diesmal erklang keine Stimme, sondern gleich der Türöffner. Er stieß die Tür auf und marschierte zielstrebig zum Büro.

»Guten Morgen, der Praktikant meldet sich zum Dienst!«, rief er kurzatmig.

Frau Wiedehopf sah ihn spöttisch grinsend über ihren Brillenrand an und flötete: »Schau an, schau an, pünktlich zum Mittagessen, der feine Herr. Er soll mal gleich in den Keller und sich umziehen, Schrank 23 ist frei, und dann hoch in die Setzerei zum Herrn Fotsch. Aber pfix bitte.«

»Bin schon unterwegs«, keuchte Gus und stürzte in den Keller. Dort konnten sich die Mitarbeiter umkleiden und ihre Sachen in Metallschränken verstauen. Es roch nach Schweiß und getragener Wäsche. Er öffnete die Tür vom Schrank 23 und fand darin einen graublauen Kittel, in den er hastig schlüpfte. Das Teil saß ziemlich stramm, stellte er fest. Er hastete die Treppe zum ersten Stock hoch und riss die schwere Tür zur Setzerei auf. Das Erste, was er roch, war Taubers Zigarre. Früh morgens um 7:28 Uhr. Ihm wurde klar, Zigarre und Arbeit waren für Tauber wie zwei untrennbare Brüder.

»Maaaahlzeit!« erklang es aus einem Dutzend Kehlen. Gus bekam einen roten Kopf und grinste schief. »Hab verschlafen«, sagte er reumütig, ohne zu ahnen, dass er die Situation damit nur noch verschlimmerte. »Verschlafen« galt nicht. Alles, nur nicht verschlafen. Keiner würde zugeben, dass er verschlafen hatte. Egal, ob man die ganze Nacht gefeiert oder mit Vampiren gekämpft hatte, seinen Hausbrand löschen oder eine schwarze Mamba im Schlafzimmer fangen musste – zur Arbeit erschien man pünktlich. Wer verschlief, war das labilste Individuum im Kosmos, ein Schlaffi, eine Niete, ein Versager. All das las er in ihren Augen.

Unter ihren verächtlichen Blicken ging er zur Meisterloge, ein erhöhter kleiner Raum – von den Kollegen auch »Wachturm« genannt – in dem Herr Fotsch thronte. Hinter ihm in der Nachbarloge hockte der

Leiter der Druckerei, der geschäftige Herr Lamprecht, zuständig für die Koordination der Druckaufträge, von dem man eigentlich immer nur seinen vornüber gebeugten, runden Rücken sah. Es war nie zu erkennen, ob er arbeitete oder schlief. Herr Fotsch hatte den kompletten Überblick über die gesamte Setzerei und konnte gut sehen, was unten vor sich ging. Dennoch hatte die Abteilung genug tote Winkel, in denen sich abspielte, was offiziell verboten war, zum Beispiel Alkohol trinken. Der heimliche Ausschank für den von den Setzern so geliebten DOORNKAAT befand sich in der Gasse vom Kollegen Tauber, und zwar auf einem als Tablett für Schnapsgläser missbrauchten Ablegebrett für ausgedruckte Satzformen, ganz unten im Schubladenregal, dort, wohin Herr Fotsch keinen Einblick hatte. Die Entscheidung für Taubers Gasse als Schankstube war keineswegs zufällig oder gar einer Verlosung geschuldet, nein, Tauber war ein Spezialist für das unentbehrlichste Arbeitsmittel in Büros und Buchhaltungen: für Statistiken, Verrechnungs- und Übersichtsvordrucke, Tabellen oder Karteikarten. Die Gestaltung komplizierter Vordrucke erforderte neben einem ausgesprochenen Sinn für logische Anordnung, zweckvolle Raumverteilung und Übersichtlichkeit auch große Erfahrung und Übung. Bei Tabellen mit vielen Zeilen zum Beispiel war es ratsam, jede fünfte Linie als Leitlinie fetter zu wählen, das Auge findet dann leichter die zueinander gehörenden Angaben der gleichen Zeile, weil jede Zeile entweder dicht an einer fetteren Linie liegt oder von dieser durch eine andere Zeile getrennt ist oder am Ende mitten zwischen zwei fetteren Linien steht. Bei Spalten für hohe Ziffern sollte man jede dritte Zähllinie fetter setzen, um Irrtümern beim Zusammenzählen entgegenzuwirken. Das vermittelt eine kleine Ahnung von der Komplexität unterschätzter Geschäftspapiere. Beeindruckend, wie dieser Tauber mit seinen knorrigen, nikotingelben Fingern winzige Schriften, teils in Perl (5p), der kleinsten Schriftgröße im Bleisatz, in winzig kleine umrahmte Linienkästchen fummelte und das alles im Nebel seiner permanent brennenden Zigarre. Völlig natürlich, dass ihm sein Alleinstellungsmerkmal in dieser Setzerei zum Hüter ihres illegalen Ausschanks machte. Mit ihm, dem virtuosen Komponisten feiner und fetter Linien, wollte sich keiner anlegen, schon gar nicht Fotsch, der es niemals gewagt hätte, Taubers Gasse nach unerlaubten Genussmitteln zu durchsuchen. Jeder wusste natürlich, dass Fotsch wusste, warum es die Kollegen tagsüber auffällig oft in die Gasse von Tauber zog, warum die sich da immer so lange bückten und anschließend mit einem leichten Grinsen wieder an ihren Arbeitsplatz zurückkehrten. Eine Alkoholkontrolle am Firmenausgang hätte nach Feierabend kein Kollege ohne Beanstandung durchgestanden. So lange die Setzer aber ihr

Arbeitspensum fleißig und korrekt erfüllten, sah keine der Führungskräfte einen Grund, dagegen einzuschreiten. Ganz unbekannt war ihnen ja der Genuss von Alkohol während der Arbeitszeit wahrhaftig nicht.

Als Gus die Meisterloge betrat, saß Herr Fotsch an seinem Schreibtisch und schrieb einen Arbeitszettel. Er hob den Kopf und sagte: »Aaaaah, guten Morgen der Herr Vossberg. Das Arbeitsleben wohl noch nicht so gewöhnt?«

»Nun ja«, räusperte sich Gus, »der erste Morgen … zugegeben, so früh stehe ich normalerweise nicht auf. Tut mir leid, dann bleib ich selbstverständlich länger.«

»Wir schauen mal. Frühstückspause ist von 9 Uhr bis 9:30 Uhr, Mittag ist ab 12 bis 13 Uhr, Feierabend um 17 Uhr. Nun gehen Sie mal zum Herrn Neumann, unserem Dienstältesten, der Dicke da rechts, der gerade zu uns hochschaut – ja, der – und stellen Sie sich vor. Er wird Sie einweisen. Sagen Sie ihm aber nicht, dass ich ihn ›der Dicke‹ genannt habe.« Gus versprach es, verließ die Meisterloge und lief direkt in die Arme vom dicken Neumann.

»Bin der Herr Neumann, so was wie Mutter für alles in diesem Betrieb, auch zuständig für die Lehrlinge und

Praktikanten.« Er drückte ihm die Hand und flüsterte: »Unter uns, der Setzereileiter nennt mich auch gern ›der Dicke‹.«

»Vossberg«, antwortete Gus. »Mache hier ein zweiwöchiges Praktikum.«

»Ach nee? Dachte, du bist von den Zeugen Jehovas?« Neumann kicherte. »Da drüben, in der dritten Gasse von hier, der Junge mit den schwarzen Haaren, das ist Ingo, Lehrling im zweiten Lehrjahr, zwei Gassen weiter, der mit dem Pickelgesicht, das ist Klaus-Peter, hat im Frühjahr mit seiner Lehre bei uns begonnen. Wir suchen eigentlich dringend einen dritten Lehrling.« Er musterte seinen Praktikanten, »so, so – na, dann woll'n wa ma schauen, dass du nicht nur dumm rumstehst, meen Juta. Haste och'n Vornahmen?«

»Gus«, sagte Gus.

»Gus, na gut.« Er begutachtete Gus von oben bis unten. »Sitzt stramm, das Stöffchen«, sagte er und strich ihm über den Kittel. »Na, der weitet sich noch. Haste denn schon Erfahrungen im grafischen Gewerbe?«

»Eher nicht.«

»Macht nüscht. Wir stehen hier schon mal janz richtig, direkt vor'm Arbeitsplatz, dem Akzidenzregal mit seiner Arbeitsfläche.« Neumann klopft mit dem Finger auf eine Metallplatte. »So, und hier hinten, griffbereit, das ganze Material.« Neumann zeigte auf ein schmales Regal.

»Wozu sind diese Klötzchen?«, fragte Gus.

»Diese Klötzchen«, antwortete Neumann spöttisch, »das sind Stege, mein lieber Junge, und das hier, das sind Regletten, ganz wichtiges Material. Du musst dir das wie bei einem Baukasten vorstellen, schön alle Teile zusammensetzen. Is' hier quasi eine einzige Bastelstube, die Setzerei. Du weißt ja wohl, was der Buchdruck für ein Druckverfahren ist?«

»Ein … äh … Buchdruckverfahren?« Gus fand seine Antwort ein bisschen doof, aber Neumann hatte wohl ein sonniges Gemüt und schien außerordentlich tolerant. Vorstellbar, dass er in seinem Berufsleben von den vielen Lehrlingen schon eine Menge Schwachsinn gehört hatte.

»Buchdruckverfahren?« Neumann lachte. »Das Verfahren heißt Hochdruck.«

»Sagt mir was.«

»Na, siehste. Hochdruck, weil alle in der Branche unter Hochdruck arbeiten.« Er keckerte. »Nee, nee, Spaß beiseite, Hochdruck heißt es, weil alle druckenden Teile oben liegen. Wie diese Letter hier auf diesem Stäbchen, dem sogenannten Kegel. Oben. Du verstehst? Dann gibt's noch den Tiefdruck, den Flachdruck und den Siebdruck. Mit dem Hochdruck die vier klassischen Druckverfahren.«

»Also … Tiefdruck, Flachdruck und Siebdruck. Aus dem Bastelunterricht kenne ich noch den Kartoffeldruck.«

»Stimmt, im Grunde das gleiche Prinzip.« Neumann lachte. »Im Hochdruck kann man alles anfassen und damit spielen. Hier, siehst du?« Neumann zog ein Metalltablett, genannt »Schiff«, zu sich, auf dem eine um die Ränder verschnürte Form aus zusammengestückelten Teilen, aus »Stegen« und »Regletten«, in den verschiedensten Größen lag. »Das hier ist zum Beispiel ein fertiger Satz, in diesem Falle ein Briefbogen.«

Gus nickte und fragte sich, warum man ein Tablett Schiff nannte und nicht Tablett. Wenn die Schiffer nun ihr Schiff Tablett nennen würden? Fachbegriffe sind oft seltsam irritierend.

»Hier oben ragen die Lettern, also der Briefkopftext, aus dem Blindmaterial heraus, nur die erscheinen auch beim Druck, klar? Also immer, wenn du zukünftig einen Briefbogen in der Hand hältst, der im Buchdruck gedruckt wurde, dann hast du jetzt gelernt, dass überall dort, wo weißes Papier ist, also kein Text steht, ein Haufen Bleibausteine die leere Fläche ausfüllen, dass dem quasi eine kiloschwere Satzform zugrunde liegt.«

Gus hörte, aber verstand noch nicht alles. Und so musste er wohl auch geschaut haben, denn Neumann tröstete ihn: »Bisken vülle im Moment, oder? Also immer schön der Reihe nach, dit kapierste schon. Also hier jetzt erst mal dein Handwerkszeug: der Winkelhaken und die Ahle. Komm, nimm in die Hand, zier dich nich.«

»Die Ahle? Mit so was sticht meine Mutter immer in den Kuchen, um zu sehen, ob noch Teig dran klebt.«

»Die Ahle ist nicht für'n Pflaumenkuchen gedacht, du Stippi, mit diesem Dorn kannst du eine Letter aus dem Satz herausziehen. Piekst leicht in das weiche Blei hinein – und schwupps, hast du sie draußen.«

»Und dieser … ähm …?«

»Winkelhaken, ja.«

»Und was macht man damit?«

»Setzen. Er ist quasi wie eine kleine Schublade für die Lettern.«

»Aha.« Gus griff sich den Winkelhaken. Er war aus Metall und fühlte sich schön handlich an, warum der »Haken« hieß, erschloss sich ihm nicht. Er hatte ein längliches Winkelstück in der Hand, das auf der linken Seite einen festen Anschlag und auf der anderen Seite ein bewegliches Gegenstück hatte, das verschiebbar war und sich mit einem kleinen Hebel fixieren ließ. Mit dem stellte man die gewünschte »Spaltenbreite« ein, also die Länge der Zeile, schob ein passgerechtes Messingstück hinzu, das als Unterlage für die Lettern diente und konnte nun anfangen, den gewünschten Text zu »setzen«, also Buchstaben für Buchstaben schön nebeneinander in den Winkelhaken legen. Den schweren Schriftkasten mit der gewünschten Schrift hatte man sich vorher aus einem Schriftenschrank gezogen und ihn auf Arbeitshöhe oben, leicht schräg, griffgerecht auf den Schriftenschrank gestellt. Der besaß dafür extra am unteren Rand eine hohe Kante, so dass man ihn dort arretieren konnte und er nicht herunterrutschte. Ein Kasten, randvoll mit Bleilettern, wog ca. 10 Kilogramm. Wenn man ihn runterfallen ließ, hatte man locker einen halben Tag damit zu tun, die ganzen Lettern wieder einzusortieren. Besonders zeitraubend waren falsche Buchstaben, die sogenannten »Zwiebelfische«, fremde Schriften, die sich in diesen Kasten verirrt hatten und die man nun Stück für Stück in ihre zugehörigen Satzkästen zurücklegen musste. Manche befanden sich am anderen Ende der Setzerei, so dass es passieren konnte, dass man beispielsweise für einen einzigen, kleinen Buchstaben lange Wege gehen musste. Die meisten Setzer ersparten sich diese Mühe und steckten die falsche Letter einfach in ihren Kittel – wo sich bereits reichlich andere Zwiebelfische befanden –, um sie irgendwann mal wieder in ihren zuständigen Setzkasten zurückzulegen. Dieses »irgendwann« bedeutete, dass die Setzer irgendwann mal aus Bequemlichkeit ihren lästigen Ballast in den Mülleimern oder im Firmenklosett entsorgten. Soll heißen, die Abwasserleitungen der Buchdruckerei waren komplett mit Blei kontaminiert. Nach einem Abriss des Gebäudes müsste das gesamte Firmengelände abgetragen und als toxischer Sondermüll irgendwo ganz weit weg entsorgt werden.

»So, und nun kuck her, ich mach dir das mal vor.« Neumann nahm ihm den Winkelhaken aus der Hand und fing an zu setzen. In fließenden Bewegungen griff er sich eine Letter nach der anderen aus dem Schriftkasten, schob sie hintereinander in den Winkelhaken, fixierte sie mit dem Daumen, füllte damit mehr und mehr die Zeile und sagte dabei synchron: »Gu-ten Mor-gen Gus Voss-berg. Punkt. Herz-lich Will-kom-men in der Buch-dru-ckerei Con-cor-dia. Punkt. Schön – Komma – dass du bei uns bist.« Fertig war die Zeile. Dieser Arbeitsvorgang war im routinierten Automatismus gelaufen. Neumann wusste blind, in welchem Fach welcher Buchstabe lag. »Die gebräuchlichsten Buchstaben liegen griffnaher als die anderen, alles genau überlegt«, erklärte er. »Pfiffig, oder?«

»Schlau«, fand das Gus.

»Die Großbuchstaben und Zahlen liegen hier oben, schau.« Neumann holte von oben links ein großes A heraus. »Siehste? Und nun du. Setzt mal was, los!« Er reichte ihm den Winkelhaken.

»Oha … gut«, Gus nahm den Winkelhaken. »Öhm … was soll ich denn setzen?«

»Na, setz doch maaal … Herr Neumann ist der Schönste.« Neumann grinste wie ein Honigkuchenpferd. »Komm, setz was dir einfällt – und nicht so ängstlich, nimm schön locker in die Hand – so – und los geht's, nun mal zackig.«

Gus räusperte sich und fragte zaghaft: »Ähm … wo liegt denn das große H?«

»Such, such, such das H«, antwortete Neumann. »Alphabetisch von links oben nach rechts durchzählen, irgendwann kommt es. Alphabet kannste doch, oder?«

Schlussendlich bekam Gus es hin und fand, es war echt feine Handarbeit. Am Ende hatte er sechs Zeilen gesetzt und der Winkelhaken mit den ganzen Bleilettern wog schon spürbar schwerer in seiner Hand. Neumann zeigte ihm dann, wie man den Satz vorsichtig auf das Schiff bekam, rundherum mit Blindmaterial stabilisierte und geschickt mit einer sogenannten Kolumnenschnur umwickelte (»ausbinden« nannte man das), damit der Satz auch zusammenhielt und nicht auseinanderfiel. Natürlich waren reichlich Fehler enthalten und zwei Lettern aus einer anderen Schrift, aber Neumann befand, für den Anfang hatte Gus es gar nicht schlecht gemacht. Gerade als er seinen Satz zu Herrn Buddich herübertragen wollte, damit der davon einen Abzug auf Papier anfertigte, klingelte es zur Mittagspause. Schlagartig legten alle ihre Werkzeuge beiseite und strömten zu den Waschbecken, um sich mit einer grauen Waschpaste ihre Hände zu schrubben. Da die Druckerei, außer über Kabine 1 und Kabine 2 und den Keller, über keinen Ausweichraum verfügte, zog sich jeder Setzer mit seiner BILD oder BZ in seine Gasse zurück und hockte sich auf einen Schemel. Es roch nach Wurst-und Käsebroten, Gemüsebrühe und lauem Kaffee oder Tee. Alle blätterten in ihrer Zeitung. In der Mittagszeit tauschten viele BILD-Leser mit den BZ-Lesern ihre Blätter und lasen noch mal dasselbe. Das freizügige »Girl des Tages« unterschied sich in den Ausgaben kaum, sogar in den üppigen Oberweiten waren sie ähnlich.

Gus hatte natürlich nichts Essbares dabei, es hatte ihm bei seinem Fehlstart einfach die Zeit gefehlt, um sich ein paar Brote zu schmieren.

Neumann war das aufgefallen. »Stullen vergessen?«, fragte er.

»War heute Morgen einfach keine Zeit dafür.«

»Schon klar. Na, nimm dir eene von mir, komm.« Neumann hielt ihm seine Blechdose mit den Pausenbroten entgegen. »Reicht für zwei, meine Frau denkt immer, ick verhungere.«

»Danke, sehr nett.« Gus nahm sich ein Leberwurstbrot heraus und hatte angesichts Neumanns wohlgeformten Leibes auch kein schlechtes Gewissen.

»Wohl bekomms«, sagte Neumann und biss herzhaft in sein Brot.

In der Setzerei herrschte nun Ruhe. Ab und zu kommentierte jemand seine Lektüre: »Die machen doch mit uns, wat se wolln« oder einfach nur »Alles Idioten!« Mitunter kam es auch zu kurzen Dialogen von Gasse zu Gasse: »Da hat 'ne Alte ihren Mann mit'm Beil erschlagen. Sachen jips.«

»Ruhe, ick hab selbst 'ne Zeitung.«

Oder: »Der Senat will uff der Straße zum 17. Juni Parkuhren uffstellen.«

»Verbrecher!«

Oder: »Weißkohl soll jut jejen Krebs sein.«

»Wer't gloobt wird selich.«

Oder: »Mann, hat die Dinger.«

»Zeich ma!«

»Ruhe, Mensch! Kann man denn nicht mal ungestört frühstücken?« Tauber sprach aus seiner Gasse ein

Machtwort und dann herrschte, jedenfalls kurzzeitig, wieder Stille.

Im Wachturm saß Herr Fotsch und schlürfte eine Tasse Fleischbrühe mit einem Eigelb drin; er liebte diese Kombination von Salz und Eigelb. Von den Brühwürfeln hatte er eine Jahresration in seiner Schublade, nur das Ei ließ er sich von Klaus-Dieter, dem Azubi, frisch mitbringen, der jeden Morgen brav die Bestellungen der Setzer notierte und anschließend mit einem scheppernden Einkaufswagen die umliegenden Einkaufsläden im Kiez abklapperte, um alle Wünsche nach Schrippen, Schnecken, Rosinenbrötchen oder »Hackepeter« (im Norden sagte man auch »Mett« oder »Hack« dazu) zu erfüllen. Eigentlich gehörte das nicht zum Ausbildungsplan, doch Klaus-Peter kam mal raus an die frische Luft und beklagte sich nicht. »Lehrjahre sind keine Herrenjahre«, so lautete der Ausbeutungsklassiker für die jüngsten Mitarbeiter, die devot alles mit sich machen ließen. Die Pflicht zu Einkäufen für die Gesellen stand in keinem Lehrvertrag, aber das interessierte keinen. Später, wenn der Lehrling selber Geselle war, ließ auch er die Lehrlinge für sich laufen. So waren die heimlichen Regeln der innerbetrieblichen Rangordnung. Mit der Zeit fanden die Bestellungen auf keinem Zettelchen mehr Platz, sie benötigten längst ein A4-Blatt. Auf dem standen dann Wünsche wie: »Aspirin«, »Klopapier«, »Schuppenshampoo«, »200 Gramm durchwachsener Speck«, »Camelia«, »5 Kilo Kartoffeln, mehlig kochend«, »Zwölf Eier« oder »Blasentee, instant«. Klaus-Peter war heilfroh, dass kein Möbelladen in der Nähe war. Mindestens eine Stunde war er unterwegs, um allen Wünschen zu entsprechen, vor allem aber galt es, pünktlich vor der Frühstückspause zurück zu sein, sonst war der Teufel los. Ingo, der zweite Lehrling, war von solchen Diensten entbunden. Wer, wie er, einen schweren Stapel Kunstdruckpapier die Treppe zur Druckerei hochgeschleppt hatte und auf der letzten Stufe die teuren Bogen aus der Hand fallen ließ, so dass sie sich wie ein riesiger Fächer bis ins Erdgeschoss ergossen, dem war auch nicht zuzutrauen, sechs Eier heil in die Firma zu transportieren. Damit hatte er sich in den Augen der Belegschaft für die verantwortungsvolle Aufgabe des Einkäufers disqualifiziert.

Den Rest des Tages übte Gus fleißig das Schriftsetzen und machte sich mit den innerbetrieblichen Ritualen vertraut. Man ordnete ab 16:40 Uhr schon mal seinen Arbeitsplatz, wusch sich die Hände mit der grauen Waschpaste, reinigte sich die Fingernägel und erfreute sich daran, wie gewissenhaft Tauber die Schnapsgläser spülte, um sie für den nächsten Tag akkurat in einer Reihe zurück auf's Ablegebrett zu stellen. Pünktlich um 17 Uhr, mit dem schrillen Ton der Feierabendklingel, stürzten alle Setzer aus der Tür runter zu ihren

Schränken und prallten auf der Treppe auf die ebenfalls feierabendhungrigen Drucker. Gus musste an Ole denken, denn er spürte im Rücken deutlich, dass er den ganzen Tag gestanden hatte.

Nach ein paar Tagen hatte er sich schon ganz gut eingewöhnt und zog sich gerade einen Setzkasten aus dem Regal, da hörte er, wie Herr Fotsch an die Scheibe seiner Meisterloge klopfte und ihm durch Winken bedeutete, er möge bitte mal kommen.

»Gus Vossberg«, sagte Herr Fotsch mit erhabener Stimme, »heute erledigst du deinen ersten Auftrag!«

»Wer? Ich?«, fragte Gus verdattert.

»Es ist Zeit, das Erlernte in die Praxis umzusetzen, du kannst nicht früh genug damit anfangen. In Kabine 2 sitzt eine Kundin, eine gewisse Frau Pankratz, deren Gatte verstorben ist. Nun möchte sie gerne eine stilvolle Karte, also eine Todesanzeige gestaltet haben. Das ist doch genau dein Metier, nicht wahr?« Er hüstelte. »Also, verstehe mich nicht falsch, ich meine, du willst ja nicht Bestattungsunternehmer werden, aber als zukünftiger Grafik-Designer solltest du mal Praxis üben, etwas gestalten, ein Kundengespräch führen, immer vorausgesetzt, dass du mal Kunden hast.« Er grinste hämisch. »Hier, die nimm bitte mit«, bat er und reichte ihm eine Mappe, »da sind Muster von den schönsten Todesanzeigen drin, die wir in den letzten Jahren gestaltet und gedruckt haben. Eine gute Hilfe, der Kunde kann sich da ein wenig orientieren, auch textlich. Nun geh, die Witwe wartet.«

Die schönsten Todesanzeigen? Von solchen Aufgaben redete an der Akademie kein Schwein. Fachbereich Friedhof? Heute gestalten wir eine Sterbeurkunde? Gus fühlte sich voll ins kalte Grab geworfen. Erst ein paar Tage im Arbeitsleben, und schon so einen Auftrag – mit Kundengespräch! Das war auch eine enorm emotionale Herausforderung für ihn, der alles, was mit Tod und dem ganzen Theater darum herum zu tun hatte, hasste. Und nun musste er sich einer fremden Witwe stellen, sie sogar in Sachen Trauergrafik fachlich beraten. Er konnte der doch jeden Scheiß erzählen, keiner aus der Setzerei überwachte das. Schon beachtlich, wie viel Verantwortung die ihm, dem Anfänger, übertrugen. In der Kabine 2 hatte Frau Wiedehopf der Kundin bereits einen Stuhl angeboten und wischte den Tisch ab. Mit angeleckter Fingerspitze pickte sie noch schnell einen Krümel von der Tischplatte. Igitt, dachte Gus. »Falls Sie noch etwas mögen, nur Bescheid sagen«, flötete sie und nagelte auf ihren hohen Absätzen zur Tür hinaus.

»Vielen Dank, Frau Wiedehopf!«

Die Kundin saß schon in einem schwarzen Kostüm am Tisch, ihr rosiges Gesicht stand im gänzlichen Gegensatz zu ihrem Gewand. Auf ihren straff nach hinten gekämmten, blondierten Haaren, die sich auf ihren Hinterkopf zu einem geschickt verschlungenen Dutt bündelten, thronte ein schwarzes Hütchen.

»Gus Vossberg«, stellte er sich vor, dann zeigte er auf das Sortiment Kekse und die Getränke in der Mitte des Tisches und sagte souverän: »Bitte bedienen Sie sich doch.« Das war großes Kino.

»Danke, ganz vielen Dank, sehr freundlich, vielleicht später«, antwortete die Kundin höflich und reichte ihm ihre Hand, die in einem schwarzen Handschuh steckte. »Mein Name ist Pankratz, Cosima Pankratz.«

»Vossberg, Gus Vossberg. Wie ich hörte, es geht um eine Todesanzeige?«

Frau Pankratz griff in ihre Handtasche, holte ein weißes Stofftaschentuch mit gehäkelten Spitzenrändern heraus und schnäuzte sich die Nase. »Mein Mann ist verstorben«, seufzte sie leise und behielt das Taschentuch zusammengeknüllt in der Hand.

»Mein Beileid. Sicher ein großer Verlust.« Gus legte in seine Stimme alles Mitgefühl, das er in so einer Situation aufbringen konnte, die ihm eigentlich fremd war. Solchen Momenten hatte er bislang eher passiv beigewohnt. Was redete er da? Er konnte doch gar nicht beurteilen, ob ihr Mann ein großer Verlust war. Vielleicht war er ein ganz schlimmer Finger? Vielleicht gab es mehr Menschen, die seinen Abgang begrüßten als dass sie ihn bedauerten? Vielleicht löste seine Ankunft im Jenseits allgemeines Entsetzen aus? Und er, Gus, faselte hier von einem großen Verlust.

»Oh, ich danke Ihnen, junger Mann. Wir waren vierzehn Jahre verheiratet, das ist eine lange Zeit. Mein Mann war zwanzig Jahre älter, es war seine fünfte Ehe, wissen Sie?«

Diese fremde Frau breitete vor ihm intime Informationen aus? Gut, ein bisschen was wissen musste er ja von dem Verstorbenen schon, aber er war schon etwas geschockt. Fünfmal geheiratet? Dieser Sexomane hatte die Ehefrauen wie Unterwäsche gewechselt und er sollte das jetzt alles auf einer Todesanzeige einigermaßen seriös zusammenbringen? Dabei fiel ihm ein alter Satz seines Vaters ein, der mal gesagt hatte, dass auf dem Finanzamt und auf Beerdigungen am meisten gelogen wurde.

»Es soll einfach eine schöne Todesanzeige sein«, wiederholte Frau Pankratz leise und schnäuzte sich wieder ihre schon leicht entzündete Nase.

Eine »schöne« Todesanzeige? Was ist an Todesanzeigen denn schön, bitteschön? Gus wartete höflich, bis sie sich die Nase geputzt hatte. Soll diese Schnieferei denn jetzt die ganze Zeit weitergehen? »Was haben Sie sich denn so Schönes vorgestellt?«, fragte er, um die Sache behutsam voranzubringen.

»Was soll ich sagen, eine schöne Karte, meines Mannes würdig, einfach eine schöne Karte, wissen Sie? Sie sind doch der Fachmann.«

Schöner Fachmann, dachte Gus. Liebste Witwe, ich bin in diesem Laden erst seit einer Woche und habe mich in meinem Leben noch nie mit schönen Todesanzeigen beschäftigt, so sieht's mal aus. Meine einzige konkrete Erfahrung in Sachen Sterblichkeit war der Tod meiner Oma, als meine Eltern den Nachlass regelten und mit dem säuselnden Bestatter zusammenhockten. Ich habe nur apathisch daneben gesessen und gestaunt, was nach dem Tod eines Menschen alles so geregelt werden musste. Vom Sargmodell bis zum letzten Hemd, alles wurde bis ins kleinste Detail besprochen. Und dann diese Papiere, Papiere, Papiere, das Leben eines Menschen, zwischen Geburtsurkunde und Sterbeurkunde, lückenlos und vorschriftsmäßig beurkundet. Vater hatte ständig »Mann, das kostet« gestöhnt und hier und da versucht zu feilschen. Am Ende legte der Bestatter noch einen großen Kranz und für Oma ein paar weiße Handschuhe drauf und Vater ließ es gut sein. An den Text der Todesanzeige kann ich mich leider nicht mehr genau erinnern, irgendwas mit »untröstlich« und »von uns gegangen«, das weiß ich noch. Hilft mir jetzt aber konkret nicht weiter, also sage ich einfach mal: »Na, da machen wir was ganz Schönes.«

»Sehr schön«, sagte Frau Pankratz sanft.

»Ihr seliger Gatte war von Beruf?« Diese Frage hatte er einfach so aus dem Ärmel geschüttelt. Sie gefiel ihm. Erst hatte er kurz erwogen »schöner Gatte« zu sagen, das war ihm aber dann aber doch eine Spur zu dick aufgetragen.

»Mein Mann war Urologe …«

»Nein? Urologe? Wie interessant.«

»… und beliebt bei allen Patienten, bei allen, wirklich beliebt, wissen Sie? Sein Wartezimmer war voll, rappelvoll.«

Dieser, für den Patienten eher unerfreuliche Zustand war Gus nur zu gut bekannt. Als Kassenpatient hockte er bei seinem Hausarzt auch über Stunden in so einem rappelvollen Wartezimmer und wartete, bis er mit anderen Kranken zusammen an der Reihe war. Der Doktor fertigte aus rationellen Gründen immer sechs Leute zugleich ab. Gus träumte davon, eines Tages mal als Privatpatient ganz alleine von einer gütigen Arzthelferin in das Behandlungszimmer geführt zu werden, um dort in einem gemütlichen Sessel dem Doktor gegenüber zu sitzen, der sich mit großer Freundlichkeit und Empathie geduldig anhörte, wo es ihn zwickte oder schmerzte, währenddessen er von der Helferin mit Leckereien verwöhnt wurde. Das wäre Kundenfreundlichkeit à la Kabine 1. Er schob nun die Mappe zu Frau Pankratz herüber: »Wenn Sie mal schauen wollen? Wir haben da mal was vorbereitet, hier sind diverse Muster, vielleicht ist etwas Schönes für Sie dabei?«

»Oh, gerne.« Frau Pankratz blätterte und tippte auf eine Anzeige: »Die? So was in der Art vielleicht?«

Gus nickte wohlgefällig. »Sehr gut. Ein fetter schwarzer Rand ist immer eine gute Wahl, gibt dem Ganzen optischen Halt, schafft einen stabilen Rahmen. Gut, wenn alles weiß, wo es hingehört, sage ich immer.«

»Nicht wahr, das passt ganz gut, denke ich auch. Sie müssen wissen, mein Mann war äußerlich ein korpulenter Mensch, in seinem Innersten jedoch eine sensible Natur. Außen Bär, innen Elfe.« Frau Pankratz Augen fingen an zu schimmern.

»Aha, ich verstehe. Sie meinen kräftig und zugleich fein? Da schlage ich doch vor, wir kombinieren den fetten Rahmen mit einer zarten Linie. Ist das ein gemäßer Ansatz? Fette Linie, starker Mensch – feine Linie, sensible Seele. Diese Variante wird gern gewählt.«

Was redete er da für einen Scheiß? »Wird gern gewählt«, diese Verkäuferphrase hatte er rausgehauen, weil er sie von der Mutter eines Freundes kannte, die in einem Modegeschäft arbeitete. »Wird gern gewählt«, so erklärte sie ihm mal, fördere eine positive Kaufentscheidung, weil der Kunde sich damit in einer Verwandtschaft des guten Geschmacks geborgen und in seiner Entscheidung bestärkt fühlte. Sie variiere zwischen »Wird gern gewählt« oder »Wird gern genommen«, alternativ auch »Eine ausgezeichnete Wahl«. In hartnäckigen Fällen flüstere sie auch schon mal: »Das Kleid habe ich mir selber zurückgelegt.« Das knacke jede Kaufblockade.

»Entzückend. Kann man da mal was sehen?«, fragte Frau Pankratz.

»Blättern Sie nur weiter, es gibt garantiert einige schöne Beispiele davon.« Das Adjektiv »schön« hatte Gus inzwischen unwiderruflich ins Herz geschlossen.

»Ach, ja – hier.« Frau Pankratz hatte ein paar Seiten weiter diesbezüglich etwas Schönes entdeckt. »Na, das sieht doch schön aus.«

»Nicht wahr?«, bestätigte Gus. »Macht sich immer gut, eine gute Wahl, hat Stil.«

»Stil? Oh, der passte zu meinem Mann, einen eigenen Stil hatte er, o ja, den hatte er. Er schätzte Opern, aber auch deftige Hausmannskost. Schatz, mach doch mal wieder deinen Pichelsteiner Topf, sagte er immer und dann hat er reingehauen, das sage ich Ihnen.« Frau Pankratz blickte melancholisch zum Fenster und seufzte leise: »O ja, er war so ein guter Esser.«

Gus sah für einen Moment das Bild vor sich, wie die Bärenelfe schmatzend, kopfüber vor ihrem dampfenden Eintopf saß. »Na fein! Dann haben wir ja schon mal den Rahmen – und textlich? Da sind ja auch einige interessante Anschauungsbeispiele, wenn Sie mal schauen wollen.« Nun lief es bei ihm rund. Er spürte es.

Frau Pankratz blätterte interessiert weitere Seiten durch. »Vielleicht – ich frag das einfach mal nur – ist optisch irgendetwas für einen Urologen dabei?«

»Für einen Urologen?« Gus glaubte, nicht richtig gehört zu haben. »Nun, äh … das ist freilich schon sehr speziell«, bemerkte er, zog mit einem freundlichen »Sie erlauben?« die Mappe an sich und blätterte darin herum. »Also auf den ersten Blick … hm, eher Handwerker, Kaufleute normale Leute. Akademiker eher weniger, also sehe ich jetzt nicht … aber wir haben ja noch die Möglichkeit, ein passendes Schmuckelement einzubauen. Da gibt es eine große Auswahl. Außer dem klassischen Kreuz in allen Variationen wurde auch gern ein Palmenwedel oder eine Harfe genommen, wie ich hier sehe. Hm, schauen wir einfach mal, möglicherweise gibt es auch etwas mit … äh … Organisches?« Er lächelte leicht verschmitzt.

Frau Pankratz schaute ihn verdutzt an.

»Ich meine, Ihr Gatte war doch ein lebenszugewandter, gewiss humorvoller Mensch.«

»Aber selbstredend. Und was für einen großartigen Humor er hatte, das sage ich Ihnen.«

»Na, schauen Sie.«

»Er hat sooo gerne gelacht. Seine Patienten liebten seinen Humor. ›Mit dem Restalkohol in Ihrem Blut können wir ja ein Betriebsausflug machen‹, hat er mal zu einem Patienten gesagt – unvergesslich. Und privat in Gesellschaft glänzte er mit Ärztewitzen, die Leute brüllten vor Lachen. Humor gibt's in keiner Apotheke, sagte mein Mann immer.«

»Großartig. Nun, ich wollte nur zum Ausdruck bringen, dass wir die akademische Potenz Ihres Gatten mit kleinen Zierelementen unterstützen können.«

»Ich verstehe, junger Mann. Ich vertraue Ihrer Fachkompetenz völlig.«

Gus war jetzt nicht mehr aufzuhalten: »Es gäbe alternativ auch florale Elemente. Die Rose zum Beispiel?« Er zeigte auf ein Muster mit zwei verschlungenen Rosen. »Dornen, fürwahr doch ein religiöses Symbol. Bezüglich Ihres Gatten könnte ich mir auch einen Äskulapstab vorstellen, müsste nur schauen, ob wir so etwas in der Art in der Setzerei haben?«

»Ganz entzückend, aber vielleicht finden Sie auch noch etwas anderes? Was meinen Sie?«, fragte sie schniefend.

»Sicher doch.« Er blätterte weiter. »Hier sehe hier leider im Moment weiter gar nichts.« Jetzt ist aber gut, dachte er. Wohin driftet das denn jetzt? Vielleicht verschlungene Samenstränge? Zwei verknotete Gummihandschuhe? Oder vielleicht eine von Harnröhren umrankte Blase?

»Gott, dann nehmen wir doch einen Palmenwedel«, sagte Frau Pankratz brüsk entschlossen.

»Also der Palmenwedel soll es sein? Gerne. Ich schlage vor, wir nehmen zwei. Rechts und links angeordnet, sich zur Mitte hinneigend, quasi miteinander korrespondierend, sich sanft zuwedelnd ... ich meine zuneigend. Was meinen Sie?«

»Entzückend, ganz entzückend, das machen wir.«

»Schön. Und nun zum Text. Was haben Sie sich denn da vorgestellt?«

»Genau. Da habe ich mir doch ...«. Frau Pankratz fing an, in ihrer Handtasche zu kramen, »... ein paar Stichpunkte aufgeschrieben.«

»Das ist schön«, sagte Gus und stellte sich vor, was seine Freunde auf der Kunstakademie wohl sagen würden, wenn sie sähen, wie er hier mit der Witwe eines akademischen Scheidungsprofis über Todesanzeigen brütete. Ihren Spott spürte er in allen Knochen.

Sie zog einen leicht zerknitterten Zettel aus der Tasche und entfaltete ihn. »Hab mir noch ein paar Stichpunkte notiert, zum Beispiel ›Geschenk‹ oder ›Himmel‹, so was.«

»Was für'n Geschenk?«

»Sein Dasein, unsere gemeinsamen Jahre, meine ich.«

»Ach, klar, natürlich, verstehe. Und Himmel, sehr gut, sehr gut.«

»Nun ja, mein Gatte hat schon geglaubt, dass da noch was Anderes ist, das wir nicht greifen können, nichts Materielles, also das hat er schon, war aber kein Kirchgänger, wenn Sie wissen, was ich meine? Die harten Bänke sind nicht gut für die Prostata, so sagte er immer. Aber zu Weihnachten, ja – schon mal, aber grundsätzlich mied er die Öffentlichkeit, um den ständigen Fragen der Leute aus dem Wege zu gehen. Alle Menschen haben auf der Stelle ein Wehwehchen, wenn sie einen Arzt sehen, sagte er immer. Herr Doktor hier, Herr Doktor da, er wollte einfach auch mal ein Privatleben haben und nicht auf der Straße oder in der Kirchenbank Harnröhrenkatharr diagnostizieren. Sind Sie denn gläubig, junger Mann? Wenn ich fragen darf?«

»Och, meine Eltern waren da nicht so hinterher, eigentlich auch nur bei Beerdigungen oder Trauungen in der Kirche. Mein Vater ging Sonntagvormittag mit mir lieber zum Fußball. Von daher …«

»Haben Sie mit der Kirche eher nix am Hut?«

»Sozusagen.« Gus lächelte schief, dann räusperte er sich und sagte entschlossen: »Wie finden Sie denn: ›Ein großer Geist sagt Lebewohl‹«?

»Geist sagt Lebewohl?« wiederholte Frau Pankratz nachdenklich. »Ein großer Geist …? Hm, klingt nicht schlecht, aber ich hätte doch noch gerne die Liebe drin, wenn das geht?«

»Geht alles. Dann vielleicht, wie finden Sie: »Ein liebender Geist sagt Lebewohl«?

»Ja, doch … das klingt doch sehr schön.« Frau Pankratz schien langsam von allen großen Geistern verlassen.

»Nur mal so als Anregung, wollen wir dann nicht schreiben: ein geliebter Mensch und großer Esser sagt Lebewohl? Was meinen Sie?«

Frau Pankratz war unsicher. »Und wo ist jetzt sein Geist, sein großer Geist?«

»Okay, den großen Esser lassen wir raus. Dann also: Ein geliebter Mensch sagt uns Lebewohl, sein heiliger Geist bleibt unvergessen.«

»Heiliger Geist?« Frau Pankratz stutze. »Sein großer Geist, sagten wir doch, oder?«

»Oh, Pardon. Sein großer Geist bleibt unvergessen.«

»Sehr schön.« Frau Pankratz strich ihren Rock glatt. »Das klingt schön.«

»Dann hätten wir das in trockenen Tüchern«, schnaufte Gus, »das klingt wirklich sehr, sehr schön. Lassen Sie uns das dann so machen.« Er wollte diesen von allen großen Geistern verlassenen Schwachsinn endlich hinter sich bringen und glich mit Frau Pankratz noch mal den Text und die nötigen Daten ab. Wie sie erarbeitet hatten, entschied sie sich für zwei Palmenwedel, umrahmt von einer fetten äußeren und feinen inneren

Linie. Mittig gesetzt dann der Text in halbfetter Bodoni, 20 Punkt:

»Dr. Siegfried Pankratz. Ein geliebter Mensch sagt uns Lebewohl. Sein großer Geist bleibt unvergessen.«

Schließend die üblichen Angaben, wann und wo die Beerdigung stattfand und danach noch belegte Brote und Kaffee und Kuchen, wobei Frau Pankratz von Gus noch wissen wollte, ob er persönlich eher Bienenstich oder Butterkuchen bevorzugen würde. Gus entschied sich eindeutig für Butterkuchen, gab aber dringend zu beachten, dass der nur schmecken würde, wenn er schön feucht wäre. Als Fließtext schlug er eine kursive, magere Garamond vor. Für das Papier empfahl er einen matten, leichten Karton, 250 Gramm, und den Termin sollte Frau Pankratz mit der Setzereileitung telefonisch abklären. Nun spähte die Sekretärin noch mal durch die Tür und fragte: »Darf ich noch etwas bringen?«

»Danke, Frau Wiedehopf, wir sind eben fertig geworden, danke.«

»Oh? Sie sind schon pfertig?« Sie schaute zu Frau Pankratz. »Und zupfrieden?«

»Sehr schön«, anwortete Frau Pankratz.

»Na, pfabelhaft«, sagte Frau Wiedehopf.

»Alles bestens«, antwortete Gus und fragte sich, was die Wiedehopf hier noch rumquatschen musste.

»So soll es doch sein. Ich sage immer, auch eine Todesanzeige muss was hermachen, ist die Visitenkarte des Verblichenen, da muss jedes Wort nachhallen. Wir alle wollen doch in Würde gehen, nicht wahr?«

»Apropos gehen«, Gus erhob sich und reichte Frau Pankratz die Hand. »Darf ich mich verabschieden? Termin war ja klar.«

»Auf Wiederschauen«, sagte Frau Pankratz, stand auf und rückte sich ihr Kostüm und das Hütchen zurecht. »Ich muss jetzt auch.«

Gus begleitete sie zur Ausgangstür und verabschiedete sie freundlich. Sein erstes Kundengespräch über die Gestaltung einer Todesanzeige war damit erfolgreich beendet. Bis in Ewigkeit, Amen.

Am Mittwoch fuhr Gus zum Winterfeldplatz zu Moon, der dort mit zwei Typen und zwei Frauen in einer großen Altberliner Wohnung lebte. Anna öffnete ihm: »Hey! Schön, dass du mal wieder vorbeikommst.« Im selben Moment schossen zwei rote Kater aus der Tür und jagten sich den Treppenhausflur hoch.

»Mann, die drehen ja völlig ab«, sagte Gus erschrocken.

»Kennst doch Marx und Engels, die zwei Teufel.« Anna lachte. »Komm rein, Moon hockt in der Küche. Und sonst? Wie geht's dir?«, fragte sie und ging voraus.

»Alles im grünen Bereich, Anna«, antwortete Gus.

Moon, der mit Ilja, Tina und Robby am großen Küchentisch saß, schob ihm einen Stuhl zu. »Hey, Alter, komm, mach dich breit. Wir quatschen gerade über Beziehungen.«

»Oha!« Gus setzte sich und bedankte sich bei Anna für die Tasse Tee, die sie ihm hingestellt hatte. »Macht weiter, lasst euch nicht stören«, ermunterte er.

Robby wühlte in den Taschen seiner Latzhose nach Blättchen und stöhnte: »Wie ich schon sagte, wir Männer sind doch heillose Romantiker, ist doch so. Immer auf der Suche nach dem magischen Mysterium Weib, die brennende Sehnsucht des Mannes nach Nähe, Wärme, Vertrautheit.«

»Nach Mama«, bemerkte Moon.

»Mann, ja, vielleicht … weiß jetzt nicht, schon irgendwo. Zumindest kommt daher die Sehnsucht der Kerle nach weichen, vollen, prallen …«

»Gut, gut, Robby«, seufzte Ilja.

»Ich sage nur Mama«, wiederholte Moon.

»Ihr mit eurem Tittenwahn«, spottete Tina.

Ilja grinste. »Du hast gut reden. Du hast ja welche, bist autark.«

Robby lachte. »Genau. Sag mal, Ilja, bist du gestillt worden? Kannst du dich noch an die warme Brust deiner

Mutter erinnern, an der du wohlig gelegen hast? Tief, ganz tief unten in deinem Unterbewusstsein?«

Ilja zuckte mit den Schultern. »Also … schwer, ganz schwer. Ich war da ja noch total klein.«

»Ach nee? Leute, also wirklich«, stöhnte Anna.

Robby klopfte sich mit dem Finger an die Stirn. »Hier oben ist das drin, Mann, für immer. Das ganze Gequatsche mit Männer wollen nur das Eine und so, Mann, ich kann's nicht mehr hören.«

»Mama«, wiederholte Moon stoisch.

Anna klopfte auf ihre Schenkel. »Och, armer Robby, komm auf meinen Schoß.«

»Gleich, Anna, gleich, muss nur noch einen drehen.« Robby zeigte auf den Joint.

Anna nahm sich einen Apfel aus einer Obstschale. »Jeder weiß, dass du konfliktscheu bist, Robby.«

»Das stimmt«, bestätigte Tina, die ein halbes Jahr mit Robby zusammen war.

Robby murmelte: »Ein Komplott.«

»Harmoniebedürftigkeit ist eben auch eine Flucht unter den schönen Schein der Friedfertigkeit, in Wahrheit die pure Scheu vor Konflikten«, meinte Anna.

»Ich will doch einfach nur sagen, ihr reduziert das männliche Begehren nach einer Frau immer nur auf Sex, Sex, Sex. Das sage ich, mehr nicht.«

Tina stöhnte: »Ich glaub's jetzt nicht.«

»Du willst Brüste und gut is«, meinte Moon.

Ilja hob seinen Zeigefinger. »Ohne Sex wäre unser Trabant eine trostlose, graue Murmel im Kosmos. Unsere Existenz ist überhaupt nur das Resultat einer erfüllten Sexualität unserer Eltern, das ist euch doch wohl klar, oder? Ohne Sex wäre dieses Zimmer trostlos leer, menschenleer. Vermutlich überhaupt nicht existent.«

Anna hob den Daumen. »Starker Beitrag, Ilja.«

Robby schnupperte an seinem Gras. »Hmmm … das duftet.«

»Jetzt bau mal, Mann«, drängelte Ilja.

»Übrigens, Moon, wie läuft eigentlich dein Job?«, fragte Gus.

»Du, ganz locker.«

»Was muss man denn als Bürobote im Sender so alles machen?«

»Mit einem kleinen Wagen voller Post dein Stockwerk ablaufen. Klopfst an die Tür, trittst ein, wirfst die Post in das Eingangskörbchen hinter der Tür, nimmst eventuelle Post aus dem Ausgangskörbchen wieder mit – kleiner Small Talk, und weg. Und so weiter, und so weiter, einmal den Rundbau herum, bis du wieder zurück bist. Die restliche Zeit kannst du bis zur nächsten vollen Stunde gemütlich in der Botenmeisterei auf deinem Stuhl sitzen und in neuen Magazinen oder Katalogen blättern.«

»Und dabei gut mal einen durchziehen, oder?«, fragte Robby.

»Sehr lustig. Da reißt mir der Botenmeister den Arsch auf.«

»Botenmeister? Klingt nach Bäckermeister«, fand Ilja.

»Ja, stimmt.« Moon musste lachen. »Is aber nur ein Meister im Labern. Hört überall mit und gibt seinen Senf dazu.«

»Neue Magazine lesen, zwischendurch mal bisschen die Beine vertreten und Schwätzchen halten, hört sich doch gut an, Mann. Super Job – aber auch ein klitzeklein wenig langweilig, oder?«, fragte Gus.

»Du, komm – nee. Es laufen da echt interessante Leute rum. Mal 'n bekannter Moderator oder 'ne Nachrichtensprecherin, auch echte Promis. Letztens stand ich mit Michael Holm – ihr wisst schon, der Schlagerfuzzi, Tränen lügen nicht, auf der Straße nach Mendezino lalala – und seiner Freundin im Fahrstuhl. Die hatte wahrscheinlich vorher in irgendeinem Luxuswässerchen gebadet, hat geduftet wie ein ganzer Puff.«

»Ach, komm, jetzt hör auf«, sagte Anna. »Außerdem – woher weißt du, wie es im Puff duftet? Interessant, interessant.«

»Wir mussten mal in einem Bordell neuen Teppichboden verlegen, daher.«

»Schon klar«, sagte Tina.

»Künstliche Duftstoffe zerstören die Individualität.« Robby schüttelte voller Unverständnis den Kopf. »Eigengeruch ist so wichtig, so wichtig. Wie der Fingerabdruck eines Menschen, einmalig. Ich hatte mal eine Freundin, da hab ich schon beim Betreten der Kneipe gerochen, dass sie anwesend war.«

»Was? Wie geht denn so was? Was redest du denn da?«, empörte sich Anna.

»Moschus?«, fragte Ilja.

»Sach ma, Leute, geht's noch?«, stöhnte Anna. »Du witterst einen Menschen schon im Eingang einer Pinte? Du bist doch kein Hund.«

»So was hab ich auch noch nie gehört«, meinte Gus.

Ilja räusperte sich. »Mal was anderes: Was hat dieser Michael Holm gesungen? Tränen lügen nicht? Wer denkt sich denn so'n Scheiß aus?«

»Echter Top-Ten-Knaller«, antwortete Moon.

»Also ich weine nur, wenn ich auf mein Konto kucke«, seufzte Robby.

»Kenn ich«, bestätigte Moon, »auf jeden Fall sieht man im Sender schon mal hier und da …« Im selben Moment sprang ihm Marx auf den Schoß und fing gewaltig an zu schnurren. »Wer hat denn den wieder reingelassen?«, fragte er. Seitdem ihn ein Kater mal bös gekratzt hatte, war Moon bei Katzen immer etwas verspannt. Vorsichtig kraulte er durch das dicke, flauschige Fell, was Marx sehr gefiel, er schnurrte immer lauter, streckte sich lustvoll und wurde länger und länger, bis er merkte, dass er die Balance verlor. Um dem entgegenzuwirken fuhr er in seiner Verzweiflung die Krallen aus, was bei Moon ein brüllendes »Aua!« und ein »Scheiß Katze!« auslöste. Daraufhin plumpste Marx wie ein dicker Sack herunter, schüttelte sich und zog mit zitternder Schwanzspitze beleidigt davon.

»Jetzt issa sauer«, sagte Ilja.

»Mann, das tat scheiße weh«, sagte Moon.

»Oooch, hast jetzt'n Aua?«, fragte Anna und grinste.

»Das sagt die Richtige«, antwortete Moon, »Angst vor jeder Mücke.«

Anna wechselte das Thema: »Sag mal, Gus, Moon hat uns mal erzählt, du machst auch Musik?«

»Ja, ich trommle in einer Rockband.«

»Hey, stark, kenne ich die?«, fragte Ilja.

»Keine Ahnung. Die Hard Eggs? Sagt dir das was?«, antwortete Gus.

»Wie heißt eure Band? Anna runzelte die Stirn. »Hard Eggs?«

»Ja, warum? Sind dir bekannt?«, fragte Gus neugierig.

»Nö, mich begeistert nur der Name.«

»Aaah, ich verstehe«, erwiderte Gus, »würden dir ›Die Zehnminuten-Eier‹ besser gefallen?

»Wie man's nimmt«, meinte Anna und murmelte: »Hard Eggs … unglaublich.«

»Hört sich für dich vielleicht seltsam an, aber mir geht die Rockmusik tatsächlich in die Eier, ich kann es nicht anders ausdrücken.«

»Sehr ansprechend«, bemerkte Anna süffisant. »Also du machst hauptsächlich Musik wegen deiner Hoden?«

»Was is’n das für ’ne Frage?«

»Ich meine, bis du eine in der Kiste hast, das meine ich.«

»Da!«, stieß Robby aus. »Da heben wir es wieder. Ihr denkt nur an Sex.«

»Ja, ja, Robby«, Anna winkte ab.

»In der Kiste haben?«, wiederholte Gus. »Klingt ja merkwürdig, hört sich an wie’n Tierfänger. Ich mache Musik und die Musik macht was mit mir. Das kann, je nach Tagesform und Feedback des Publikums, sehr aufregend sein und – zugegeben – mich auch dann und wann in spezielle Schwingungen versetzen.«

»Oooh? Spezielle Schwingungen, sehr hübsch«, spottete Anna. »Also jetzt komm mal, ja! Auf der Bühne zu stehen verschafft dir doch deutlich Pluspunkte bei den Girls, jetzt tu doch nicht so.«

»Ach? Selber schon mal Groupie gewesen?«, witzelte Gus.

»Du weichst mir aus.«

»Ein guter Beat geht mir auch in die Eier, wenn du's wissen möchtest«, bestätigte Robby und rollte dabei geschickt eine Lage Gras in die Blättchen ein. »Blöd, dass du keine hast.«

»Dafür hat sie Brüste«, sagte Ilja.

»Schwachköpfe, echt.« Anna schüttelte den Kopf.

»Anna, ich liebe dich«, antwortete Ilja.

»Ihr mit eurem Zipfeltheater.«

»Erzähl, Anna. Wo fährt dir denn ein guter Beat rein?«, fragte Moon.

»Ins Herz und von da aus in die Beine, wohin sonst?«

Für einen Moment herrschte Stille in der Küche, dann sagt Ilja nachdenklich: »Das nennt man auch Energiegewinnung, oder?«

»Wie?«

»Was soll's, letztlich hängt alles doch irgendwie mit allem zusammen, is doch so.«

»Komm, Moon, erzähl mehr von dem Botenmeister«, sagte Gus.

»Das ist ein kräftiger, untersetzter Kerl mit ultimativer Meinungshoheit, hat immer die Tür einen Spalt auf und hört, wie schon gesagt, alles, was wir in unserem Raum vor unseren Regalfächern so reden, mischt sich in jedes Gespräche ein, hat zu jedem Thema was zu sagen. Er steht dann immer auf, tritt breitbeinig aus seiner Tür und schnarrt«, Moon imitierte ihn mit kehliger Stimme: »Allet jut und schön, wa, aber et is doch nun ma follnamaßen, meine Herrn. Ick sare imma …«

Ilja kicherte: »Solche Typen kenne ich.«

»Und dann haut der Alte die schärfsten Sachen raus, echt. Hitler hätte zum Beispiel einen zu kleinen Penis gehabt …«

»Hä? Jetzt ernsthaft?« Anna starrte ihn an.

»… und deswegen die ganzen Kriege angezettelt. Herrmann Göring lebt heute in Brasilien als Frau verkleidet und betreibt eine Änderungsschneiderei in La Paz.«

»Kuck an«, sagte Gus.

»Und Stalin war Bettnässer.«

»Hä? Bettnässer?« Tina machte große Augen. »Woher hat er das denn?«

»Ja, Bettnässer, sagt der Botenmeister. Er ist auch davon überzeugt, dass Kennedy von John Wayne erschossen wurde.«

»Meine Rede«, kicherte Robby und reichte den Joint an Ilja weiter. Der nahm mit geschlossenen Augen einen tiefen Zug und lächelte verklärt.

»Sage mal, Moon, wie sieht's jetzt eigentlich aus?«, fragte Gus.

»Was meinst du?«

»Hast du unsere Flüge gebucht?«

»Ach so, ja. Alles geregelt. Wir müssen von München nach Madrid und von da aus weiter nach La Hermosa, Direktflüge gibt es nicht und von Tegel fliegt sowieso keiner in die Region.«

»Ihr verreist? Wohin? Wo ist La Hermosa?«, fragte Anna.

»Insel im Atlantik. Westlich von Afrika«, antwortete Moon.

Anna lächelte verträumt. »Herrlich. Klingt nach Sonne und Palmen.«

»Schon, wird aber weniger Urlaub, mehr eine – will mal so sagen – Studienreise.«

»Was studiert ihr denn?«, fragte Ilja neugierig.

»Wir besuchen einen Künstler, der auf La Hermosa lebt.« Moon erklärte ihnen kurz die Zusammenhänge.

»Aufregend«, fand Anna.

»Davon hattest du uns ja gar nichts erzählt, Moon?«, sagte Tina leicht beleidigt.

»Ich weiß das ja auch erst seit ein paar Tagen, Leute.«

»Ihr sucht also im Auftrag eures Professors einen Künstler auf einer Insel auf, um herauszubekommen, wer er ist? Kann man das so sagen?«, fragte Anna.

»Korrekt«, bestätigte Gus.

»Und diese Emilia?«, fragte Tina interessiert. »Keiner weiß, wo diese Studentin abgeblieben ist?«

»So ist es«, antwortete Moon.

»Und ihr vermutet, dieser Malente weiß vielleicht was?«, fragte Anna.

»Der Professor will einfach nur wissen, mit wem er es zu tun hat. Darum geht's. Diese Emilia war seine Lieblingsschülerin, ihr Schicksal hat ihn nie richtig losgelassen.«

»Na, vielleicht bekommt ihr was raus, ich drücke euch die Daumen«, sagte Anna.

»Apropos Schrift, Moon hat uns erzählt, du jobbst in einer Buchdruckerei?«, fragte Tina Gus.

»Ja, 'ne kleine Klitsche in Tempelhof. Vielleicht knapp vierzig Mitarbeiter, aber alles da, was das graphische Gewerbe ausmacht: Druckerei, Setzerei, Buchbinderei. Es macht mir echt Laune, wirklich, auf Dauer aber wäre die stehende Beschäftigung nicht so mein Ding. Besonderen Spaß macht mir das Betriebsklima, ein bunter Haufen von schrägen Typen, sage ich euch, aber eines eint sie alle: der Stolz auf ihr Gewerbe. Ganz in der Tradition Gutenbergs. Im Grunde hat sich am Handwerk des Schriftsetzers, also am Prinzip des Bleisatzes, auch seitdem nix geändert. Sie äugen natürlich auf die Entwicklung des Fotosatzes, eher aber belustigt, weil sie sich schlicht nicht vorstellen können, dass das jemals eine ernsthafte Konkurrenz für den Bleisatz sein könnte. Sie haben sogar ein Fotosatzgerät in der Setzerei stehen, ist so groß wie eine große Schreibmaschine, arbeitet aber keiner mit. Gilt so als Kuriosität und irgendwie Irrweg von besessenen Erfindern. Ich muss mir auch fast täglich raten lassen, das mit der Kunst und der Grafik besser zu vergessen und mich lieber für den Beruf des Schriftsetzers zu entscheiden. Ich habe ihnen mal geantwortet, dass ich eines Tages eine eigene Schrift kreiere, die ›Gus‹, die wird dann in Blei gegossen und sie können jeden Tag damit arbeiten und an mich denken, den Schriftkünstler. Kollege Tauber hat mit seinem Zigarrenstummel nach mir geworfen.«

»Schriftkünstler? Also das sagt mir erst mal gar nichts. Schildermaler, das kenne ich. Was muss ich mir unter einem Schriftschreiber vorstellen?«, fragte Tina. »Der schreibt den ganzen Tag nur Schriften?«

Moon nickte. »Ein Kalligraph, ja. So ist der korrekte Ausdruck. Du kommst täglich von morgens bis abends mit Schrift zusammen und doch ist dir gar nicht bewusst, was Schrift wirklich bedeutet. Wenn dich Texte in den Bann ziehen, dann ist es vor allem die Schrift, die ihren Anteil daran hat, dass deine Augen am Lesen Spaß haben, weil sie dir Gedanken quasi in harmonisch gesetzten Bildsignalen vermittelt, heißt, mit möglichst wenig Worttrennungen und ausgewogenen Wortabständen. Schrift zu setzen, bzw. zu schreiben, ist eine große Kunst, meine Beste.«

»Oh? Du … ehrlich, also … so hab ich darüber noch nie nachgedacht.« Tina wirkte beeindruckt.

»Schrift ist ja neben der verbalen Vermittlung und der Gestik eine der großen Säulen der menschlichen Kommunikation«, betonte Gus.

Robby hob seinen Finger. »Rauchzeichen nicht vergessen und Klopfzeichen.«

»Zum Beispiel vom Trommler der Hard Eggs«, warf Anna ein.

Gus ignorierte ihren Kommentar. »Fundamentale Momente der Menschheit«, gab er zu verstehen, »sind im Laufe der Geschichte mittels Schrift entschieden worden.«

Robby nickte. »Zum Beispiel meine Entscheidung, nach Berlin zu gehen, als ich den Brief vom Kreiswehrersatzamt erhalten hatte.«

»Weltbewegend«, murmelte Anna.

»Was sagtest du, Anna?«, fragte Robby.

»Sag mal, Robby, weißt du denn noch, in welcher Schrifttype dieses Schreiben verfasst war?«, fragte Gus.

Robby war irritiert. »Hä? In welcher Schrift? Du stellst Fragen.«

»Typisch! Ich meine, ob in Unziale, Fraktur, Grotesk, Egyptienne oder Antiqua?«

»Oder in Runen«, ergänzte Moon grinsend.

Gus blieb ungerührt bei der Sache. »Da staunt man, was es alles für Schriftfamilien gibt, nicht wahr? Spannend übrigens, nichts spiegelt die Persönlichkeit eines Menschen deutlicher wider als seine individuelle Handschrift.«

Ilja schlug sich die Hände vor's Gesicht. »Au Backe, nein, ich hab 'ne Sauklaue.«

»Passt«, meinte Tina grinsend und erhielt dafür Applaus.

Gus dreht sich um und zeigte auf die Schiefertafel am Eingang der Küche. »Wer von euch hat denn da, ›Achtung, Mittwoch 10 Uhr Stromableser!‹ auf die Tafel geschrieben?«

»Ich, warum?«, antwortete Anna.

Gus lehnte sich zurück und fixierte die Tafel. »Hm, hm … sehr interessant, sehr aufschlussreich«, sagte er nachdenklich.

»Na, nun bin ich ja mal neugierig. Ich höre.« Anna verschränkte ihre Arme und schaute Gus mit hochgezogenen Augenbrauen erwartungsvoll an.

»Deine Schrift kippt deutlich nach links, das fällt schon mal auf, außerdem setzt du zwischen den Buchstaben oft ab, schreibst also nicht wirklich fließend. Auch deine Unterlängen und Oberlängen sind sehr charismatisch, also stark ausgeprägt, ein Zeichen von Geltungsbedürfnis …«

»Geltungsbedürfnis? Meine Rede«, warf Robby dazwischen und kassierte einen bösen Blick von Anna.

»Deine starken Unterlängen haben meines Wissens wiederum etwas mit Sexualität zu tun …«

»Na, geil, jetzt kommen wir endlich zur Sache.« Robby grinste.

Anna verdrehte die Augen.

Gus zeigte auf die Tafel und machte mit dem Finger kreisende Bewegungen. »Auch die vielen barocken Kringel, die du machst, sehr beeindruckend.«

»Frauen mögen Schweineschwänzchen«, meinte Ilja.

»Stimmt, Frauen lieben Schweineschwänzchen«, wiederholte Robby.

»Ihr Schweinebacken kennt euch ja aus«, lästerte Anna und grinste hämisch.

»Pfui, bist du bös«, sagte Robby.

Anna stemmte ihre Arme in die Hüften: »Sag mal, Gus, bist du eigentlich Graphologe?«

»Ich habe mich mal sehr für Graphologie interessiert, ja, und mich in das Thema eingelesen. Handschrift ist wirklich spannend, eine echte Wissenschaft. Wer schön schreibt, muss nicht per se ein wunderbarer Mensch sein, also so simpel funktioniert das nicht. Er kann das auch gelernt haben, er ist diszipliniert worden. Früher hat man ja besonders starken Wert darauf gelegt, dass du schön schreiben kannst.

Die Handschrift, sie wurde im Zeugnis explizit bewertet. Interpretationsfähig an der Handschrift eines Menschen ist primär die Größe, die Neigung der Buchstaben, der Zeilen, ob er flüssig schreibt oder andauernd absetzt und – wie schon gesagt – die Unterlängen und die Oberlängen. Daraus kann man ganz viel schließen. Handwerker zum Beispiel, die mit ihren Händen schwere Arbeit verrichten, schreiben fast alle ungelenk, tun sich sehr schwer mit dem Schreiben. Keine Übung eben. Würden einen Text lieber nageln als schreiben.«

Alle lachten.

»Meine Mutter hatte eine ganz rhythmische, fließende Handschrift, mein Vater hingegen schrieb steif und abgehackt. Mutter war Sekretärin, also das Schreiben gewohnt, Vater war ein Zahlenmensch, Steuerberater, er schrieb auch seine Worte steif wie Zahlen, jeden Buchstaben einzeln. Weiß noch, wie er mich mal mit einem Zettel zum Tabakwarenladen geschickt hat, weder der Verkäufer noch die Kunden konnten Vaters Handschrift entziffern. Ihre Vermutungen schwankten zwischen »Zuchtwachteln Oberschutz« und »Zeichenhalm Ohrenrotz«, das hat sich für immer in mein Hirn gebrannt. Alle zerbrachen sich über das Geschreibsel meines Vaters den Kopf und jeder hatte den Ehrgeiz, es zu entschlüsseln. Irgendwann gab der Tabakwarenhändler auf und rief meinen Vater an. ›Herr Vossberg? Hier ist Zerbel vom Metzplatz, Tabak Zerbel! Ihr Sohn ist gerade bei mir – nein, ihm ist nix passiert –, aber er hat einen Zettel dabei, auf den Sie ihm notiert haben, was er Ihnen mitbringen soll. Leider kann beim besten Willen keiner hier, wirklich keiner in meinem Laden, entziffern, was Sie da geschrieben haben. Könnten Sie mir um Himmelswillen sagen, was das auf Ihrem Zettel heißen soll?‹ Mein Vater antwortete wohl nur unwirsch: ›Na, zwei Schachteln Overstolz! Ich bitte Sie, das kann doch wohl jeder lesen.‹«

Große Heiterkeit in der Küche.

»Andererseits war Vaters steifes Gekritzel auch ideal zu fälschen. Meine schlechten Zensuren habe ich immer an seiner statt unterschrieben, um ihn nicht mit unnötigen Sorgen um meine Zukunft zu belasten. Bis zu seinem Lebensende hat er nie etwas von meinen kriminellen Handlungen erfahren. Aber warum auch? Der Lehrer hatte seine Genugtuung, ich meine Lösung und meine Eltern ihren Frieden.«

»Ich würde gerne noch mal über Annas Geltungsbedürfnis reden«, sagte Robby grinsend.

»Aber erst schauen wir uns mal deine Sauklaue an, mein Lieber. Die kann auch kein Schwein lesen.« Anna stand auf und setzte noch mal Wasser für frischen Tee auf. »Lenk nicht ab. Meine Unter- und Oberlängen sind völlig normal und Kringel mache ich schon mal gar keine«, entgegnete Robby.

»Kein Mensch kann dein Gekritzel lesen«, beharrte Anna stur. »Einen Einkaufszettel von dir geschrieben – Erbarmung.«

»Das sagst du.«

Ilja unterbrach das Gefrozzel und sagte zu Gus und Moon: »Genießt mal die Woche auf der Insel und macht's euch schön. So ein Angebot kommt nicht wieder.«

»Machen wir, danke. Hör mal, Moon, wie kommen wir übrigens nach München?«, fragte Gus.

»Ich hab 'ne Mitfahrgelegenheit für uns bis Nürnberg. Wir fahren mit Walter, einem Freund von mir, er ist Beleuchter und hat in der Stadt einen Job beim Theater bekommen. Das passte doch prima. Wir machen nur noch einen ganz kurzen Zwischenstopp bei seiner Oma in Hof. Ab Nürnberg müssen wir dann mit dem Zug nach München.«

»Und wo schlafen wir die Nacht?«, fragte Gus.

»Anna hat einen alten Kumpel in Schwabing, der ist gerade als Entwicklungshelfer bei einem Projekt in Lima, bei dem können wir übernachten …«

»Berthold, alter Schulkamerad von mir«, erklärte Anna.

»Der Schlüssel von der Bude liegt unter dem Fußabtreter. Am nächsten Tag geht's dann in den Flieger. Auf La Hermosa hat der Professor uns ein kleines Hotel in Santa Lucía gebucht, der Ort mit der angegebenen Postbox. Er vermutet, dass Magno Malente entweder in dem Ort selber oder irgendwo in der Nähe wohnen muss. Davon ist wohl auszugehen, denke ich, er wird sich praktischerweise für seine Briefe die nächstgelegene Poststelle ausgesucht haben. Und – ist der Herr zufrieden?«

Gus nickte wohlgefällig. »Na, das hört sich doch gut an«, antwortete er.

»Nehmt sicherheitshalber 'ne Knarre mit«, riet Robby.

Er blinkt, das ist er!« Moon winkte und packte sich seine Reisetasche. Ein dunkelgrüner R4 steuerte rasant auf sie zu und hielt mit glühenden Bremsbelägen direkt vor ihnen an.

Ein vollbärtiger Krauskopf stieg aus und zeigte lässig auf sie: »Gus und Moon, richtig? Schönen, guten Morgen.«

»Dann bist du Walter, richtig?«, antwortete Moon.

»Richtig, der Walter! Kommt, gebt mir eure Taschen, steigt schon mal ein.«

Moon durfte, weil er die längeren Beine hatte, mit Gus Einverständnis vorne auf dem Beifahrersitz Platz nehmen. Walter warf die Gepäckstücke hinten in den Kofferraum und donnerte die Klappe mit solcher Wucht zu, dass es Gus und Moon wie ein Hammerschlag durch die Schädel fuhr.

»In Hof mache ich ganz kurz Halt bei meiner Oma, die alte Dame hat Geburtstag. Ich bringe ihr mein Geschenk und dann geht's weiter.« Walter warf den Motor an und legte einen saloppen Start hin.

»Bleib locker, Walter, war ja so abgesprochen, alles klar«, sagte Moon und klammerte sich am Haltegriff über seiner Tür fest.

Der Renault R4 war eine solide Blechbüchse mit elementarster Ausstattung und besonders in der studentischen Szene ein beliebtes Auto. Seine Revolverschaltung – die Gänge wurden mittels einer langen, waagerechten Schaltstange geschoben oder gezogen – war gewöhnungsbedürftig, machte aber, wenn man sich daran gewöhnt hatte, richtig Spaß. Walter hatte, wie er auf der Fahrt erzählte, die »Schleuder« von seinem Opa geerbt, einem Oberfranken und passioniertem Jäger, der sein Auto pingelig pflegte. »Er ist letztes Jahr in die ewigen Jagdgründe gefahren«, erklärte Walter, und seine Frau, also Walters Oma, habe ihm das Auto vererbt. »Wenn mein Opa die Schleuder jetzt sähe, er würde noch mal sterben.« Das Auto war eine mobile Müllkippe. Der Aschenbecher quoll über vor Zigarettenkippen und auf dem Wagenboden lag ein Haufen Krempel herum, alte Zeitungen, Zettel, vertrocknete Obstreste und leere Dosen, aber »lieber in einem Müllwagen vorankommen als in einem gepflegten Auto stehenbleiben«, meinte Walter fröhlich. Das überzeugte jeden.

»Tarantula! Isse nich stark?« Walter zeigte auf eine giftgrüne Spinne, die am Rückspiegel an einem Gummiband hing und bei jeder Autobewegung vor der Windschutzscheibe hin und her wabbelte. Er hatte diese Ausgeburt an Hässlichkeit mal auf einem Volksfest in einer Schießbude als Preis erhalten und sie zu seinem Talisman erkoren. Keiner würde das verstehen, aber es gäbe Sachen, die kann man nicht erklären. Er erklärte dann noch lang und breit, dass er niemals um die Kühlerfront seines R4s gehen würde, niemals, er ginge immer nur ums Heck herum, er sei da verdammt abergläubisch. Er würde auch nie auf einem Bürgersteig auf die Fugen treten und auf Friedhöfen keine Grabsteine lesen, da könnte der Verstorbene noch so berühmt sein. »Aber Salz kann ich sackweise verschütten, nicht mein Thema.« Wovor sich Walter offensichtlich überhaupt nicht fürchtete, war der Verkehrstod, und er bezog da unbekümmert alle Insassen mit ein. Er hackte wagemutig, ohne Rücksicht auf Geschwindigkeitsbegrenzungen, mit der Kiste über die Autobahn und überholte grinsend mit dem Zeiger im roten Drehzahlbereich selbst höher motorisierte Verkehrsteilnehmer, bevorzugt der Marke Mercedes, dabei bat er seine Insassen darum, sich während des Überholvorgangs nach vorne zu beugen, um so dem Gefährt noch mehr Vorwärtsschub zu verleihen. Er war fest davon überzeugt, dass das funktionierte, er würde es an der Tachonadel genau erkennen.

Ganz sicher hatte der Opa seinen R4 niemals so geprügelt, demzufolge waren die gemütlichen Zeiten für das arme Auto ein für alle Male vorbei. Walters unselige Angewohnheit, sich ständig während seiner Ausführungen nach hinten umzudrehen, machte Gus und Moon nervös. In dieser riskanten Situation fühlte sich Gus als Beifahrer im Notfall zum Eingreifen verpflichtet. War aber nie nötig, Walter hatte alles im Griff. Schließlich erreichten sie mit vollem Aschenbecher und leeren Bierdosen unversehrt am frühen Nachmittag ihr erstes Etappenziel, das oberfränkische Städtchen Hof.

»Ich muss mal jemand fragen, bin orientierungsmäßig eine echte Pfeife, obwohl ich meine Oma schon oft besucht habe.« Walter sah ein älteres Ehepaar auf der gegenüberliegenden Straßenseite, kurbelte quietschend seine Scheibe runter und rief: »Hallo, die Herrschaften! Eine Frage! Wir suchen die Prinz-Ludwig-Straße.«

Die beiden alten Leute starrten ihn verschreckt an und musterten neugierig das Autokennzeichen. »Wo willst du noo?«, fragte der Opa.

»Pri-hinz Lud-wig-stra-ße.«

Während Opa noch grübelte, sagte die Oma: »Passen's auf, do foarns groodaus für und nocherd an der Ambel biegens rechts …«

Opa unterbrach sie: »Alda Schmarrntatal! Horch net auf dera ihr Gwaaf, du musst a Ambel weiterfoorn, dorten is erschd die Brinz-Ludwigstrooß.«

Moon flüsterte Gus zu: »Sag mal, ich verstehe kein einziges Wort. Null.«

»Aaaah, ich verstehe, Sie meinen nach der nächsten Ambel …?«, hakte Walter nach.

Oma fuhr dazwischen: »A sudds Gschmarri! Die erschte Strooß is es.«

»Alsu glabbst es …« Opa schüttelte den Kopf.

»Dann mal besten Dank«, rief Walter, kurbelte die Scheibe wieder hoch und fuhr weiter. »Rustikaler Dialekt, oder?«, bemerkte er vergnügt. Die Prinz-Ludwig-Straße kam nicht nach der ersten Ampel, auch nicht nach der zweiten, aber irgendwann kam sie und Walter hielt vor einem alten, zweistöckigen Haus. »Du, greif mal nach hinten, da liegt ein braunes Paket«, sagte er zu Moon, »das ist ’ne Heizdecke für meine Oma. Na? Habt ihr nicht Lust mitzukommen?«

»Danke, Walter, sehr nett, nee, lass man«, sagte Gus, »mach du mal mit Oma. Bring uns ein Stück Kuchen mit, aber vorher muss ich irgendwo was Deftiges essen.«

»Hier gleich um die Ecke ist der Goldene Hirsch, klassisches Wirtshaus, da gibt’s sicher immer irgendwas. Dort, da um die Ecke«, Walter zeigte in die Richtung, »überhaupt nicht zu verfehlen. Ich hole euch dann da ab, okay?«

»Na, das passt doch«, sagte Moon, »Grüße an Oma.«

»Richte ich aus, bis später«, sagte Walter und ließ sie aussteigen.

Der »Goldene Hirsch« war ein rustikales Wirtshaus mit Sprossenfenstern, vor denen Blumenkästen mit bunten Geranien und Petunien hingen. Als sie eintraten, umfing sie eine Dunkelheit, die im krassen Gegensatz zu der strahlenden Sonne draußen stand. Ihre Augen mussten sich erst daran gewöhnen. Die Einrichtung bestand aus schweren Eichentischen und gedrechselten Stühlen und von den Wänden spießten sich diverse kleine und große Geweihe in den Raum. Moon hasste Menschen, die kapitale Tiere feige aus dem Hinterhalt ermordeten und sich dann noch mit ihrem abgesägten Kopfschmuck die Wohnung oder Gaststuben schmückten. Er bezweifelte, dass der Mensch im fairen Kampf, Auge in Auge mit einem Zwölfender, als Sieger von der Lichtung gehen würde. Wenn Hirsche Gasthöfe hätten, hingen garantiert menschliche Totenschädel an den Wänden. Die Welt ist verrückt.

Zwischen den Jagdtrophäen hingen Dutzende von kleinen oder großen Rahmen mit Bildern von Menschen drauf, meistens mit Pokalen oder Zertifikaten in der Hand, die sie stolz in die Kamera hielten. Fußballer, Tennisspieler, Kegler, Skatspieler, Angler – die geballte deutsche Vereinskultur. Am Tresen, unter kupfernen Kutscherlampen, hockten drei Männer buckelig wie Geier vor ihren Biergläsern und starrten dumpf in ihr schales Gebräu, als würden sie aus dieser männlichen Ursuppe die Antworten auf all ihre quälenden Fragen erhalten. Das Erscheinen von Gus und Moon unterbrach ihre Agonie und träge wandten sie sich, wie in einem Westernsaloon, gemächlich den Fremdlingen zu. Eine Person wie Moon hatten sie bislang in ihrem ganzen Leben noch nicht gesehen. Vergleichbar provoziert hatte sie nur mal ihr dörflicher Automechaniker, der einst mit einem rosafarbenen, geblümten Hemd durchs Dorf lief. Die Dorfgemeinschaft hätte ihn um ein Haar verstoßen, wenn er nicht als Automechaniker für die Freiwillige Feuerwehr so unverzichtbar gewesen wäre. Und jetzt saß da ein Mann in weißen Klamotten mit Glatze, einem Ring im Ohr und einer Narbe im Gesicht. Ja, wo sind wir denn hier? Unfassbar. Nicht lange her, da hätte man so einen Typen im Dorf auf dem Marktplatz geteert und gefedert und drum herum Bratwürste und Gickerl gegessen.

»Grüßgod, wos solls denn sa?« Der Wirt, ein rotgesichtiger, dickbäuchiger Kerl mit buschigen Augenbrauen und einem Schnäuzer wie eine Schuhbürste unter der Nase hatte sich vor den beiden aufgepflanzt und fixierte sie argwöhnisch.

»Wir hätten gerne eine Kleinigkeit gegessen«, antwortete Moon höflich.

»Mir hom a Gulaschsübbla oder a Worschdbladn.«

»Gulaschsübbla? Ja, nehme ich. Brauch jetzt was Warmes. Und 'ne Sanddornschorle bitte.«

»Für mich auch«, sagte Gus.

Der Wirt starrte sie an. »Wos? Sanddorn? Schorle?«,

wiederholte er ungläubig und strich sich über seine Bartbürste, »so wos hom mer ned. Sanddorn.«

Die drei Typen am Tresen hatten jetzt alle Ohren auf und was sie da hörten, gefiel ihnen immer besser. Kommen da diese beiden Außerirdischen herein und wollen eine »Sanddornschorle«? Kann doch nicht wahr sein. »Glabst des, wer sauft denn so wos?«

»Apfelschorle?«, fragte Moon.

»Des is doch wos Gscheids«, sagte der Wirt.

»Oder fei a Glos worma Milch?«, fragte ein breitköpfiger Kerl mit krausen Haaren und einem beachtlichen Dreifachkinn.

Der Wirt grinste schief und fragte noch mal nach: »Zwa Gulaschsubbn und zwa Apfelschorla, die Herren?«

»Hier gibt's a schöna, dicka, laaanga Wörscht«, flötete der Krauskopf, fixierte Moon von Kopf bis Fuß und löste mit seiner Bemerkung kollektives Kichern aus.

»Ja, bitte«, bestätigte Moon ungerührt dem Wirt, »Gulaschsuppe und Apfelschorle.«

»A Gulaschsübbla, schee worm, huuuh!«, rief der hagere Typ, der außen saß, und entblößte dabei eine gelbe Reihe Frontzähne, das Erkennungsmerkmal aller Starkraucher. Mit der Bemerkung amüsierte er seine beiden Kumpels ebenfalls ungemein. Sie lachten nun unverhohlen dröhnend.

Moon lehnte sich mit beiden Armen auf den Tresen, streichelte versunken seinen Ohrring, schaute auf das Regal mit der Kollektion von unzähligen Flaschen und versuchte die Etiketten zu entziffern. So was machte ihm Spaß. Für ihn waren Spirituosen ein Ausdruck regionaler Besonderheiten und Destillationskunst. Zu seiner großen Freude entdeckte er auf einer originellen, doppelbauchigen Flasche die Bezeichnung »Duddlzupfer«. »Schau mal, da, Duddlzupfer. Grandios, oder? Wozu Menschen doch fähig sind«, sagte er zu Gus.

»Drächt mer suwos etzert in der großen Schtod drinna?«, fragte der Krauskopf mit aufgesetzter Höflichkeit und zeigte auf Moons Kleidung. »Därf i frochen, wu kummta eichentlich her?«

Moon wartete einen Moment, dann drehte er sich bedächtig zu dem Krauskopf um und antwortete nur: »Von draußen.«

Nach einem Moment eisigen Schweigens prustete Gelbzahn los: »Von draußen? Von draußen, na, subber.«

Der Krauskopf ließ nicht locker. »Vo drauß'n, vom Nordn? Nordlichter, gell?«

»Aus Legoland«, antwortete Moon und wandte sich wieder dem Flaschenregal zu.

Krauskopf blickte ihn einen langen Moment verstört an, beugte sich dann zu den beiden anderen rüber und flüsterte ihnen etwas zu. Gelbzahn fragte daraufhin ungläubig: »Naa. Echt?«

»Ich sogs der«, raunte der Krauskopf, drehte sich dann wieder zu Moon und fragte noch mal nach: »Wos? Legoland?«

»Exakt, Legoland«, sagte Moon, ohne sich umzudrehen, da er gerade zu seiner großen Freude einen »Zipfelklatscher« im Auge hatte.

Gus ergänzte noch: »Von der Insel, wo die bunten Steine abgebaut werden.«

Die drei schauten sich verdutzt an. »Obgebaud?«, fragte dann der Dritte im Bunde, ein Kerl ohne Hals. »Bunda Staa obgebaud? Glabstes?«

In diesem Moment kam der Wirt mit den Gulaschsuppen. »An gudn!«, wünschte er und legte einen Löffel und Papierservietten mit Kleeblattmuster neben die Teller.

»Danke sehr«, antwortete Moon und schaute auf die heiße, dampfende Suppe, in der nach seinem Verständnis viel zu wenig Fleisch schwamm. Er hob mit seinem Löffel ein kleines Stück heraus, betrachtete es von allen Seiten und ließ es dann demonstrativ zurück in die dunkelbraune Brühe platschen.

»Basst ois?«, fragte der Wirt misstrauisch.

»Danke der Nachfrage. Alles gut«, antwortete Moon.

»Dann an gudn!«, wiederholte der Wirt mit leicht drängendem Unterton.

»A gudn, gell?«, krähte Gelbzahn und die beiden anderen stimmten mit ein: »A gudn, die Herrn!«

Moon rührte im Teller herum und beobachtete dabei die kreiselnden Stückchen Fleisch, die mit ein paar Kartoffelstückchen um die Wette schwammen. Dann hielt er inne, nahm einen Löffel Suppe, pustete kurz und schob ihn sich in den Mund.

»Guade Subbe, gell?«, rief der Krauskopf über den Tresen.

»Etzert lossts halt amol esse, Herrschaften«, sagte der Wirt und fing an, ein Glas zu polieren, ließ die beiden aber nicht aus den Augen.

»Legoland, wo die bunda Staa obgebaud werdn?«, Krauskopf gab nicht auf. »Ihr wollt uns etzert net verorschn, odder?«

Gus löffelte die Brühe in sich hinein und bemerkte kauend: »Aber niemals.«

Moon ergänzte: »Allerdings würden wir jetzt gerne in Ruhe unser Sübbla essen, wenn möglich.«

»Freilich, freilich, ah gudn«, sagte Krauskopf in aufgesetzter Reumütigkeit und die beiden anderen stimmten mit ein: »Ah gudn, ah gudn!«

Gus beugte sich zu Moon rüber und fragte: »Sag mal, sind die Aguden nicht eine Inselgruppe?«

»Was weiß ich, frag sie.« Moon grinste und löffelte weiter seine Suppe. Manchmal nahm einer der drei Tresengeier einen Schluck aus seinem Bierglas und glotzte dann weiter zu ihnen rüber. Irgendwann aber stieß Gelbzahn Krauskopf seinen Ellenbogen in die Seite und zwinkerte ihm zu, dann krähte er durch die Gaststube: »Ich froch amol dich da Briederle«, er zeigte auf Moon, »wos is dos da über deinem rechten Auge? Das sieht ja aus … wie … wie … ich soch mol … wie …«, er gluckste und bekam sich gar nicht mehr ein, »ich soch mol … wie … wie …«

»Ah krumma Bimmel!«, rief Krauskopf.

Die drei Kerle prusteten laut, schlugen sich auf die Schenkel und fielen fast von ihren Barhockern. »Ah Bimmel!!«, krächzte der Halslose und bekam vor Lachen fast keine Luft mehr. Moon schaute Gus an, der weiter konzentriert seine Suppe löffelte, legte seinen Löffel beiseite und drehte sich zu den dreien um. »Du, Briederle. Dieses Stigma tragen alle auf Legoland, sozusagen eine genetische Tollheit, auch bekannt als der Legoländer Bimmel. Lateinisch Lego Phallus.«

Gus verschluckte sich fast. »Lego Pfallus«, wiederholte er leise. »Subba.«

»Schtiggma?« fragte Gelbzahn.

»Lego wos?«, wiederholte Krauskopf ungläubig.

»Phallus. Der Bimmel. Legoländer Bimmel? Noch nie davon gehört?«, fragte Moon und tunkte ein Stück Brot in seine Suppe.

»Legoländer Bimmel? Glabstes?« Krauskopf war sprachlos.

»Ihr müsst mal nach Legoland kommen, Freunde, herzlich willkommen! Ungefähr eine Stunde mit dem Schiff, nordwestliche Richtung«, sagte Gus.

»Man erkennt die Insel an dem gigantischen Plastik-Mann mit dem Licht in der Mütze, dem berühmten Leuchtturm von Legoland«, ergänzte Moon vergnügt und schob sich den letzten Löffel Suppe in den Mund. »Der große Lego? Nie gehört?«

Im Gastraum herrschte angespanntes Schweigen. Man konnte förmlich spüren, wie die drei Tresengeier unsicher waren und sich fragten, wie sie das alles einordnen sollten. Gus war mit seiner Suppe fertig, der Wirt nahm die beiden leeren Teller vom Tresen und fragte: »Derf's no wos sa?«

»Ja, die Rechnung, bitte«, antwortete Gus. Sie bezahlten und verließen das Wirtshaus. Die drei Typen glotzten ihnen glasig nach und waren sich unschlüssig darüber, ob ihnen nicht gerade eine solide Wirtshausrauferei durch die Lappen gegangen war.

»Bimmel!«, krächzte Krauskopf noch mal hinterher.

»Legoländer Bimmel«, korrigierte Gus von draußen.

Sie setzten sich auf die Bordsteinkante und genossen die Sonne. »Mann, was für hässliche Vögel«, meinte Gus.

»Mit dem großen Lego hast du sie geschafft«, sagte Moon breit grinsend.

»Hey, da kommt ja Walter!«

Walter eilte über die Straße mit einem kleinen Päckchen in der Hand. »Leckere Hofer Rindswurst, Geschenk von Oma. Wie sieht's aus, wollen wir weiter?«

»Öhm … und der Kuchen?«, fragte Gus.

»Reichte nur für Oma und mich, sorry.«

»Na, dann!«, rief Gus und sprang auf. »Wir müssen ja noch 'ne Strecke fahren.«

In Nürnberg verabschiedeten sie sich von Walter, der sie am Hauptbahnhof absetzte und rigoros ihr Angebot ablehnte, sich an den Fahrtkosten finanziell zu beteiligen. Er, so seine Begründung, wäre ja diese Strecke sowieso gefahren. Mit dieser Einstellung wurde er Gus und Moon noch sympathischer, gleichwohl machte sie ihn als Kapitalisten unbrauchbar. Sie drückten ihm dennoch mit dem Kommentar »Benzinzuschuss« einen Zwanziger in die Hand, was Walter erwartungsgemäß nur widerwillig akzeptierte, wünschten ihm viel Erfolg am Theater und lehnten sein herzliches Angebot ab, eine Rindswurst seiner Oma als Reiseproviant mitzunehmen. Man würde sich garantiert mal in der Berliner Szene wiedersehen und sich ordentlich die Kante geben, versprach man sich. Dann rauschte Walter davon.

Ihren Zug nach München erreichten sie pünktlich und kamen dort gegen Abend an. Mit der Tram fuhren sie weiter nach Schwabing, fanden den Wohnungsschlüssel unter dem Schuhabtreter und fielen in der Wohnung des Bekannten ziemlich müde auf die Matratzen, sie mussten ja sehr früh wieder raus. Davon, dass der Kumpel einen Papagei hatte, war aber keine Rede gewesen, schon gar nicht, dass seine Voliere in dem Zimmer stand, in dem sie schliefen. Anfangs fanden sie sein krächzendes »Grüß Gott!« noch putzig, irgendwann verstärkte sich bei ihnen aber der Wunsch, den Knopf zu finden, mit dem man diese Nervensäge abstellten konnte. Auch unter der Decke meldete sich der kontaktfreudige Vogel immer mal wieder, folglich verbrachten sie eine unruhige Nacht, die von Dutzenden Grüßgotts gestört war, und standen ziemlich gerädert mit dicken Augen gegen vier Uhr morgens auf. Bevor sie die Wohnung verließen, gaben sie dem Terroristen noch Futter, wie es der Kumpel auf einem Zettel aufgeschrieben hatte, und Moon versuchte ihm rasch »Hände hoch!« beizubringen, der Vogel glotzte ihn aber nur müde mit schiefem Köpfchen an. Als sie die Wohnung verließen und die Tür hinter sich zuzogen, schickte er ihnen zum Abschied noch ein herzliches »Grüß Gott!« hinterher.

Ihr Flug ging um 6:30 Uhr nach Madrid und dann, nach einem dreistündigen Aufenthalt, weiter direkt nach Teneriffa. Von dort aus war es noch eine gute Stunde mit einer regionalen Fluglinie nach La Hermosa. Auf dem Flughafen in Madrid verdösten sie die Zeit auf bequemen Sesseln. Die blechernen Lautsprecheransagen überschlugen sich scheppernd in der Hallenakustik und waren nur mit größter Mühe zu verstehen. Irgendwann mal identifizierten sie aus dem mehrsprachigen Kauderwelsch ihren Flug: »Passagiere fier Flug ESP 202 nach Tenerife und La Herrrmosa bittä zum Ausgang number Zä Hundertfunf.«

Gus saß neben einer hübschen, hennarothaarigen Frau in einem bunten Kleid mit einer grünen, mit Pailletten bestickten Weste und diversen Armreifen behangen, die bei jeder ihrer Bewegungen klapperten. Ihr langhaariger, bärtiger Freund saß auf dem Sitz am Gang gegenüber und versuchte seine langen Beine in dem für seine Größe deutlich zu engen Sitzabstand zu sortieren. Bei jeder

Gelegenheit schob er zur vorübergehenden Entspannung einen Fuß in den Gang, musste ihn jedoch immer wieder zurückziehen, weil entweder die Stewardessen oder kleine Kinder darin hin und her liefen. Nina, so hieß die Rothaarige, lebte die Hälfte des Jahres mit ihrem Freund Gary in einer kleinen Hippie-Kommune auf La Hermosa und verkaufte dort selbstgefertigten Schmuck. Jeden Mittwochabend, so erzählte sie, lese sie in der Buchhandlung Librería Negra in Puerto Calima einem interessierten Zuhörerkreis aus ihrem Inseltagebuch vor. Alles, was sie täglich erleben würde, schriebe sie sich akribisch auf, um sich und ihren Nachkommen über ihr Inselleben Zeugnis abzulegen. Dabei drehe sich alles um den Kern allen Seins: die alles überstrahlende Liebe.

Genau Gus Thema. Er sah sich mit Nina im warmen Sand einer verborgenen Lagune unter funkelnden Sternen der Umsetzung dieser magischen Energie hingeben und daraufhin am darauffolgenden Mittwoch bei ihrer nächsten Lesung aus ihrem Tagebuch eine traumhafte Rolle spielen. Als Quelle für Inspiration diente er mit Freuden.

»Gary ist Künstler«, unterbrach Nina seine Gedanken, »er macht Musik und porträtiert an der Strandpromenade von Puerto Calima Touristen.«

»Ach ja? Das ist ja spannend. Sag mal, kennt ihr zufällig einen Magno Malente?«, fragte Gus.

Nina schüttelte den Kopf. »Malente? Nein, du, wüsste ich nicht. Tut mir leid. Aber sag mal, wo wohnt ihr eigentlich auf La Hermosa?«

»Moon hat ein kleines Hotel in Santa Lucía gebucht.«

»Das ist ja ganz in der Nähe von uns. Puerto Calima liegt unterhalb von Santa Lucía am Meer. Wir sind jeden Tag am Strand und machen da ein bisschen Action, ihr könnt uns nicht verfehlen. Wie lange bleibt ihr denn?«

»Eine Woche nur, leider.«

»Is' ja schon mal ein Anfang.«

»Finde ich auch«, sagte Gus und spürte eine leichte Müdigkeit in sich aufsteigen.

Gus mochte allerdings nicht mit zurückgelegtem Schädel und offener Mundhöhle schlafen, als würde gleich ein Vogel mit einem Wurm auf der Unterlippe landen, um seinen Nachwuchs zu füttern. Ein entwürdigender Anblick, erst recht, wenn eine hübsche Frau neben ihm saß. Also stützte er seinen rechten Arm auf die Lehne, bettete den Kopf in seine Hand und tarierte sein anatomisches Gerüst so einigermaßen bequem wie möglich aus. In dieser Haltung konnte er überall schlafen, egal ob im Auto, im Kino, auf dem Klo oder in öffentlichen Verkehrsmitteln. Viele Leute beneideten ihn für diese Fähigkeit. Moon saß weiter vorne neben einem Berliner Ehepaar, »Herr und Frau Schmitz aus Britz – kein Witz«, wie sie sich vorstellten, die sich auf Hermosa ein Haus bauen wollten, um später ihren Lebensabend auf der Insel zu verbringen. Wie Moon erfuhr, war Herr Schmitz Finanzbeamter und kurz vor der Pensionierung, und sie, laut seiner Beschreibung »Die Frau, ohne die ich verhungern würde«. Beide hatten sich einen Gin Tonic bestellt und klimperten mit dem Plastiklöffel im Eis herum. Plötzlich hielt sie inne, schaute Moon ins Gesicht und fragte: »Sagen Sie mal, junger Mann, ich bin ja mal neugierig, was haben Sie da für eine interessante Narbe im Gesicht? Von einer schlagenden Verbindung?«

»Ach was.« Moon lachte. »Fahrradunfall.«

»Sieht aus wie ein Halbmond«, sie drehte sich zu ihrem Mann herüber, »oder, Walter?«, und zeigte auf Moons Narbe.

»Liebes«, sagte der kopfschüttelnd, »das ist doch wohl ein bisschen zu persönlich. Verzeihen Sie meiner Frau, sie ist immer sehr direkt.«

»Überhaupt kein Problem. Ähm, Sie kennen sich auf La Hermosa sicher gut aus?«, fragte er.

»Durchaus und sind immer noch total begeistert. Mein Mann ist ein leidenschaftlicher Wanderer, er kennt die Insel wie seine Westentasche. Wenn Sie Tipps brauchen?«

»Laufen schmiert Körper und Seele«, bestätigte Herr Schmitz.

Frau Schmitz beugte sich zu Moon herüber: »Im Haushalt schmiert er eher weniger, müssen Sie wissen, da schmiert nur eine – und zwar ich! – die Brote!« Sie zog die Augenbrauen hoch und lachte. »Ich!«, wiederholte sie und tippte sich mit dem Finger auf die Brust.

»Wissen Sie, ich sitze den ganzen Tag im Finanzamt, da brauche ich Bewegung. Wer rastet, der rostet«, erklärte Herr Schmitz.

»Du rastest? Ich denke die ganze Zeit, du arbeitest?«, keckerte Frau Schmitz.

Herr Schmitz hüstelte, »Liebchen, ich raste nicht, allerdings sitze ich schon den ganzen Tag, das ist richtig. Umso mehr brauche ich den körperlichen Ausgleich, aber, mit Verlaub, ich denke, dass du den jungen Mann mit Einblicken in mein Privatleben langweilst.«

»Keineswegs«, sagte Moon. »Wann lernt man schon mal einen Finanzbeamten kennen?«

»Siehst du, Rüdiger. Jetzt erzähle doch mal dem jungen Mann, was du eigentlich den ganzen Tag so Spannendes machst?«

»Es ist gut, Liebes. Sagen Sie, wie ist es denn mit der Sprache? Können Sie Spanisch?«, fragte er Moon.

Frau Schmitz fuhr dazwischen: »Hat mein Mann im Finanzamt gelernt.«

»Ach? Man kann im Finanzamt Sprachen lernen?«, hakte Moon nach.

Herr Schmitz lachte gequält. »Aber nein, wo kämen wir da hin, das Finanzamt ist doch keine Sprachenschule, soweit kommt's noch. Nein, die Sache ist die, müssen Sie wissen, meine Frau hatte mir mal zu Weihnachten einen Sprachkurs geschenkt und da habe ich auf dem Amt in den Pausen hin und wieder reingehört, mehr nicht.«

»Von wegen, gelernt hast du eifrig, nun tu doch nicht so. Sag doch mal: ›Wo ist die nächste Bushaltestelle?‹ Du kannst das doch. Donde está … na? Komm, trau dich.«

Moon hob den Daumen hoch. »Während der Arbeit noch eine Fremdsprache lernen, da sage ich nur, meine Hochachtung.«

Frau Schmitz blieb beharrlich. »Donde está, na? Komm, du kannst es doch.«

Herr Schmitz beugte sich zu Moon rüber. »Sie müssen mal nach María Canara kommen, dort steht die ›Puta Madre‹, also der exakte Nachbau des Schiffes, mit dem Rico Fernandez, der berühmte Eroberer, damals über den Atlantik gesegelt ist, um die neue Welt zu entdecken. Interessiert Sie Geschichte?«

»Lenk nicht ab, Rüdiger, der junge Mann möchte gerne wissen …«

»Ob Rico Fernandez das geschafft hat? Aber ja, das interessiert den jungen Mann sehr.«

»Erzählen Sie bitte«, ermunterte ihn Moon.

»Donde, na?«, Frau Schmitz ließ nicht locker.

»Später, Liebchen, später – bitte. Also damals, hier auf La Hermosa, hatte sich Rico Fernandez für diesen Törn ausgerüstet und verpflegt und eine Mannschaft von rauen Gesellen zusammengestellt. Mit den Passatwinden segelte er dann nach Westen und wurde noch von einem englischen Schoner gesichtet, dann verschwand er spurlos. Sein Schiff tauchte nie wieder auf. Nie wieder.«

»Na, ja, was man so erzählt«, bemerkte Frau Schmitz. »Die Leute reden viel, wie der Tag lang ist.«

»Das ist historisch belegt, Liebes.«

»Männergeschichten.« Frau Schmitz klimperte in ihrem Gin-Tonic herum.

»Es waren allerdings tatsächlich nur Männer an Bord, insofern hast du recht, Liebes. Es gibt etliche Theorien, eine davon besagt, dass Fernandez mit Mann und Maus in einem Sturm gesunken sei, eine andere, er hat eine unbekannte Insel entdeckt, ist mit seinen Leuten an Land gegangen und dort glücklich und zufrieden in paradiesischen Verhältnissen alt geworden.«

»Wie im Finanzamt«, bemerkte Frau Schmitz.

»Ja, wie bei uns im Finanzamt«, stöhnte Herr Schmitz. »Bist du nun zufrieden?«

Frau Schmitz zwinkerte Moon zu. »Merken Sie? Man hört so was nicht gerne.«

»Eine verdammt gute Geschichte«, bemerkte Moon.

»Können Sie eigentlich Spanisch?«, fragte Herr Schmitz noch mal nach.

»Si, si, und wie« mischte sich Frau Schmitz ein und tippte Moon an die Schulter: »Hören Sie, ich hatte mal bei einem Urlaub auf der Insel so seltsame Schwindelgefühle und Rüdiger ist gleich voller Sorge in verschiedene Farmacias gefahren, um mir etwas zu besorgen. Zurück kam er mit einer Salbe gegen Hornhaut, einem unglaublich teuren Pulver aus Gelee Royal und Tabletten gegen Harnröhrenkatharr.« Sie lachte wiehernd. »Das zum Thema Spanisch sprechen.«

»Liebchen …«

»Und Augentropfen waren auch dabei«, gluckste Frau Schmitz.

»Erika!«

Moon lachte und sagte: »Na, das hat ja geklappt. Ich bin fremdsprachlich aber auch keine Leuchte, ehrlich. Hab mir ein kleines Wörterbuch Deutsch-Spanisch gekauft, kann man immer mal nachschlagen, Hauptsache, man bekommt was zu essen und zu trinken.«

»Und kann fragen, wo die Bushaltestelle ist«, ergänzte Frau Schmitz.

»Irgendwie verständigt man sich schon, wenn's nicht anders geht, mit Händen und Füßen. Dürftig, aber das klappt immer«, sagte Moon.

»Oh, schauen Sie, da!«, rief Herr Schmitz und zeigte zum Fenster. »Immer wieder ein grandioser Anblick.«

Links unter ihnen lag die Westküste Afrikas im hellen Sonnenlicht, die Sicht aus zehntausend Metern war umwerfend. Moon ließ den grandiosen Anblick auf sich wirken. Wahrscheinlich führten gerade Männer in schneeweißen Kaftanen ihre Kamele durch den heißen Wüstensand, labten sich an kühlen Brunnen der Oasen, betteten sich im Schatten großer Palmenblätter und träumten in den blauen Himmel? Bei diesen Gedanken packte ihn eine wohlige Schlaffheit, er hörte Frau

Schmitz noch »Zwei Gin-Tonic!« ordern und nickte dann wohlig ein. Nach einer guten halben Stunde weckte ihn der Captain aus dem Cockpit über die Lautsprecheranlage mit der stereotypen Ansage, wie sie vor jeder Landung so üblich ist, in diesem Falle in Spanisch und Englisch.

»Was hat er gesagt?«, fragte Moon noch leicht verdöst.

»Rüdiger, hörst du?« Frau Schmitz stieß ihren Mann an. »Was hat der Kapitän gesagt, fragt der junge Mann. In solamente zwanzig minutos? Sowas?«

»Liebes, bitte schnall dich an.« Herr Schmitz schloss seinen Sicherheitsgurt.

»Aha! Wir sollen uns anschnallen?« Frau Schmitz wandte sich an Moon: »Wir sollen uns anschnallen, sagt mein Mann. Avanti!«

»Zu Befehl.« Moon hakte seinen Sicherheitsgurt ein und schaute aus dem Fenster.

Warum, zum Teufel, nutzen eigentlich die Piloten nicht die Zeit, in der sie sich vor ihren Instrumenten langweilen, um ihren Passagieren mehr als nur einen mageren Wetterbericht zu bieten, fragte er sich. Alle Fluggäste könnten doch beim Betreten des Fliegers einen Zettel bei der Stewardess abgeben, auf den sie eine Frage geschrieben haben. A: Warum fliegt ein so schweres Flugzeug, obwohl es runterfallen müsste? B: Trifft es zu, dass es Piloten mit den Stewardessen während des Fluges im Cockpit treiben? C) Müssen Menschen in der Luft so erbärmlich versorgt werden? Fragen, die schließlich jedem Fluggast auf der Seele brennen und einen langweiligen Flug kurzweiliger gestalten könnten. Die ersehnten Antworten werden dann eine Stunde vor der Landung vorgelesen. Antwort A: Weil es zu schnell ist. Antwort B: Nur auf Langstrecke. Antwort C: Dafür können gute Restaurants nicht fliegen. Kontaktsuchende könnten sich über die Bordlautsprecher vorstellen: »Tolerante Panoramaliebhaberin mit Fensterplatz, mittelgroß, blond, liebt Parfüms aus dem Bordangebot und Humor in 10.000 Metern Höhe. Weitergehende Beziehung mit Bodenhaftung nicht ausgeschlossen.«

Die zwei Stewardessen räumten die letzten Becher ab und überprüften, ob alle wieder korrekt angeschnallt waren. Kurze Zeit später setzten sie auf dem Flughafen Tenerife Norte sicher auf. Sie mussten das Gebäude gar nicht verlassen, nach einer knappen Stunde ging bereits ihr Anschlussflug nach La Hermosa. Die zweimotorige Turboprop der regionalen Fluglinie »Passat« stand schon bereit und hatte erkennbar reichlich Flugstunden hinter sich. Die Sitze waren an vielen Stellen abgewetzt und der Boden von Schatten befleckt, die eindeutig von unzähligen verschütteten Getränken stammten. An manchen Verbindungsstellen der Rumpfverkleidung klafften deutliche Lücken, das Flugzeug hatte es sich über die Zeit in seinem eigenen Stahlkorsett offensichtlich bequemer gemacht, sozusagen seinen Gürtel etwas gelockert. Es stand ihm zu; wichtig war nur, dass es nicht vergaß, in der Luft zu bleiben. Eine bunte Mischung Menschen hatte Platz genommen, Mütter mit Kindern, elegante ältere Señoritas, Männer in ausgebeulten Anzügen, die offensichtlich geschäftlich nach La Hermosa flogen, und einige Touristen, die man sofort an ihrem Äußeren erkannte, darunter auch Nina und Gary und die braven Schmitz. Mit Vollschub zogen die dröhnenden Motoren den zitternden Flieger hoch in den Himmel in Richtung La Hermosa. Das Meer unter ihnen glitzerte in der Sonne, ein Tanker stampfte in Richtung Europa dahin und wirkte aus der Höhe wie eine Brosche auf einem riesigen Satinkleid. Die leicht überschminkte Stewardess in ihrem hautengen Kostüm schob ihren Servierwagen durch den Gang und fragte: »Darf es etwas sein?« Gus und Moon genehmigten sich einen Gin-Tonic, der enorm großzügig eingeschenkt war und sie wunderbar lockermachte.

»Magno Malente, wir kommen«, sagte Gus.

»Wann sollten wir uns noch mal bei Brand melden?«

»Wenn wir Näheres wissen, meinte er.«

»Ich bin ja auch verdammt gespannt auf diesen Malente.«

Zwei Reihen vor ihnen schmierte ein kleiner Junge heimlich einen Popel unter seine Sitzbank. Moon stieß Gus an: »Schau mal, der Stöpsel da, schmiert seinen Popel unter den Sitz.«

Gus sagte nur: »Bäh!«

Die tief brummenden Motoren versetzten beide in einen hypnotischen Zustand, bis sie das »Fasten seat belt«-Signal und eine scheppernde Ansage aus dem Cockpit aufschreckte. Auf ihrer Seite konnten sie schon die Umrisse der Insel erkennen. In vulkanischem Schwarz gewandet und auf dem Bergrücken graugrün gesäumt lag sie im tiefblauen Atlantik, vor Millionen von Jahren geboren, um zu bleiben. Der Flughafen befand sich in 800 Metern Höhe unter einem Bergmassiv und wurde oft von Fallwinden heimgesucht. Eine Herausforderung für Piloten, die das Spiel mit Thermik und Technik durchaus schätzten, so spürten sie das Fliegen am intensivsten. Die Passagiere allerdings fanden das weniger amüsant. Beim Landeanflug schaukelte das Flugzeug heftig hin und her und wurde plötzlich von einer kräftigen Bö wie von einer riesigen Hand einfach zur Seite geschoben. Durch die Kabine rollte ein kollektives »Uuuuh!« und der kleine Popelentsorger klammerte sich verängstigt am Arm seiner Mutter fest. Moon sah unter sich Bananenplantagen vorbeirauschen die, wie ihm schien, ihm aufgewühlt durch den thermischen Sog des Flugzeuges mit ihren riesigen Blättern zur Begrüßung zuwinkten – dann setzte die Maschine leicht kippelig und ruppig, aber heil auf der Landebahn auf.

Gus machte »Uff«.

Moon meinte: »Noch mal gut gegangen.«

Beim Verlassen des Fliegers spürten sie eine trockene, wohlige Wärme, die von einer leichten Brise angenehm gekühlt wurde. Das tat gut. Sie schritten zur Gepäckausgabe durch eine Halle mit großen, gemalten Bildern, Frauen in traditioneller Kleidung oder mit gebündelten Pflanzen auf dem Kopf, Männer auf Eseln, Bauern beim Säen oder Pflügen, Fischer beim Netzeflicken und Musikanten mit ihren Instrumenten. Moon war begeistert. Die komplette Hallendecke war holzgetäfelt und mutete einladend und gemütlich an. Sie holten sich ihre beiden Taschen vom Gepäckband und verließen das Gebäude. Am Ausgang warteten zwei Menschen mit handgeschriebenen Schildern, auf denen Hotel- oder Pensionsnamen standen, ihre Unterkunft war nicht dabei. Den Transfer vom Flughafen zum Hotel hatte Gus nicht mitgebucht, die Schmitz hatten ihnen aber den Tipp gegeben, dass vom Airport aus ein Bus zur Westseite der Insel fuhr und in Santa Lucía hielt. Leider hätten sie nur einen Fiat SEAT gemietet und der sei, mit ihnen und dem Gepäck, schon randvoll, aber man sähe sich garantiert wieder: »Auf der Insel läuft man sich immer über den Weg, es gibt kein Entrinnen.«

Nina umarmte die beiden inniglich und sagte: »Almo holt uns ab, aber wir sehen uns doch sicher am Strand von Puerto Calima, oder?« Gus wurde ganz warm. Im selben Moment hupte es und ein knallbunt bemalter VW-Bus, randvoll mit Kisten und Gasflaschen, ratterte heran. Neben dem vollbärtigen Fahrer saß ein riesiger Zottelhund mit heraushängender, tropfender Zunge. Die beiden stiegen ein und winkten ihnen zum Abschied zu.

»Sehen uns in Puerto Calima!«, rief Gus ihnen hinterher.

Hundert Meter vom Flughafen, unter einer großen Pinie, befand sich eine Haltestelle, an der ein dreifarbiger Bus – schwarz, rot, gelb - mit einer langen Kühlerschnauze stand. Der Fahrer hatte gerade das letzte Gepäck verstaut und nahm sich hilfsbereit auch ihrer Taschen an, anschließend wuchtete er sich ächzend auf seinen Fahrersitz, löste mit einem zischenden Geräusch die Handbremse und startete mit einer Fehlzündung den Motor, die bei allen Fahrgästen eine Schrecksekunde auslöste, weil sie dachten, es würde auf sie geschossen. Mit Zwischengas wuchtete er den ersten Gang zwischen Motor und Getriebe, so dass man förmlich die Erleichterung der Wellen spürte, diesen Vorgang glimpflich überstanden zu haben, und rumpelte mit schwarzqualmendem Auspuff gemächlich los. Diverse Stofftierchen tanzten an der Frontscheibe an Gummibändern bei jeder Bewegung des Fahrzeuges ohne jede Choreografie wild durcheinander, was den Fahrer offenbar nicht im Geringsten störte und Gus und Moon sofort an Walters Spinne erinnerte.

Sie hatten im hinteren Teil des Busses Plätze gefunden, obwohl Gus lieber eher weiter vorne gesessen hätte, denn im Heckbereich waren Reisebusse immer unruhiger, was bei ihm oft Übelkeit auslöste. Als Kind musste er sich in Autos, speziell in Bussen, regelmäßig übergeben. Mit dem Älterwerden und dem eigenen Führerschein gab sich das. Von seinem Sitznachbarn biss sich Schweiß und Zigarrengeruch in seine Nase. Die fleckigen Arbeitsklamotten wiesen den Mann als

Plantagenarbeiter aus, der sich offensichtlich auf seinen Feierabend freute, denn er grinste permanent. Im Mundwinkel klemmte ihm, wie ein eingewachsenes Organ, ein Zigarrenstummel. Der Bus schleppte sich mit zitterndem Kühlerblech durch die engen Kurven aufwärts und bei jeder Bodenwelle hüpften die Fahrgäste synchron hoch. Die Vegetation wurde üppiger, Kiefernwälder und Eukalyptusbäume prägten nun die Landschaft, hin und wieder sah man Ziegen und Frauen, die gebündelte Gräser auf den Köpfen trugen, oder vollbepackte, steifbeinige Esel mit einem Stöckchen vor sich hertrieben. Ab und zu hielt der Bus an. Mal stieg jemand aus, mal jemand ein, oder der Fahrer verschwand kurz in irgendwelchen Gässchen und Häusern. Zum Glück kam er immer wieder. Die Insassen des Busses hingegen ertrugen die Unterbrechungen gleichmütig. Pünktlichkeit war ihnen offenbar völlig egal, viel wichtiger schien ihnen zu sein, die Fahrzeit zum Austausch von Informationen oder den neuesten Gerüchten zu nutzen, der Bus galt dabei nur als Vehikel. Diese undeutsche Lebensart sprach Gus sehr an. Der Diktatur der Uhr widersetzten sich die Menschen auf dieser Insel scheinbar höchst erfolgreich; sie ließen die Dinge einfach laufen, irgendwann fügte sich irgendwo alles wieder zusammen, frei nach dem Gesetz der Unbekümmertheit.

Der Bananenarbeiter kaute auf seinem Stummel herum und schaute so aufmerksam aus dem Fenster, als sähe er seine Insel zum ersten Mal. Gus war darüber heilfroh, ein Dialog wäre wahrscheinlich in einem verbalen Chaos geendet. Hinter einer Kurve nuschelte der Mann plötzlich »Pardon«, schob sich an Gus vorbei und zog an einer Leine. Daraufhin erklang vorne beim Fahrer ein Glöckchen, gleich darauf hielt er auf freier Strecke an. Der Mann stieg aus und ging einen steinigen Weg hoch zu zwei mächtigen, alten Palmen, in deren Schatten ein unverputztes Häuschen stand. Auf dem Flachdach flatterten dutzende Wäschestücke im Wind. Es sah aus wie ein Sherpa-Lager am Mount Everest.

»An den Wäscheleinen kann man sie erkennen«, hatte Gus Mutter immer gesagt. Sie konnte an fremden Wäscheleinen das Geschlecht, das Alter, die Figur und sogar den modischen Stil der zugehörigen Personen bestimmen. Zuhause war es Gus immer außerordentlich unangenehm, wenn seine Mutter die ausgebeulten Feinrippunterhosen seines Vaters und ihre mächtigen Büstenhalter aufhängte. Da baumelten dann diese rosa- oder fleischfarbenen Teile und er stellte sich vor, dass jeder sich nun das Glied seines Vaters und die Brüste seiner Mutter vorstellen konnte. Grausiger Gedanke. Wäsche auf der Leine war ein höchst intimes Spiegelbild der Anatomie ihrer Träger und dürfte vom Gesetzgeber erst ab achtzehn Jahren freigegeben werden. Der Bus setzte sich wieder in Bewegung und ruckelte mit einer schwarzen Abgasfahne weiter den Berg hoch. Gus schob sich auf den freigewordenen Fensterplatz und ließ sich den Fahrtwind durch die Haare fahren. Die meisten Häuser, die er sah, waren aus Naturstein gebaut und hatten hübsche, rostrote Fensterrahmen, teils mit gleichfarbigen, gedrechselten Holzbalkonen, hin und wieder standen aber auch Gebäude aus normalen Betonsteinen dazwischen, zumeist unverputzt. Nach einer kurvenreichen halben Stunde erreichten sie Santa Lucía. Der Bus hielt unter einem mächtigen Drachenbaum an, wo die beiden ausstiegen und der Fahrer ihnen ihre Taschen aus dem Laderaum holte. Danach setzte sich der Bus wieder zischend und ächzend in Bewegung und verschwand hinter der nächsten Kurve aus ihren Augen. Weit und breit war kein Mensch zu sehen, nur zwei alte, braungebrannte Männer mit Falten, die wie die mythischen Furchen im peruanischen Hochland ihre Gesichter durchkreuzten, saßen vor der Tür einer Bar und schauten stumm in die Ferne.

»Sollen wir die mal fragen?«, fragte Gus.

»Dann frag sie auch gleich mal nach Magno Malente«, witzelte Moon.

Gus ging zu ihnen hin. »Buenos días, señores, ääh … Hotel Lagarto?«

Die beiden Alten rührten sich nicht.

Gus wiederholte noch mal lauter: »Hotel Lagarto?«

Der Rechte hob gemächlich den Kopf, zeigte mit seiner knochigen Hand in Richtung Ortsausgang und krächzte: »Allí.«

Gus folgte seinem Finger und sah in der Richtung ein ramponiertes Schild, auf dem »Hotel Lagarto, 100 metros« stand. Er bedankte sich mit »Aaaah, si! Gracias, muchas gracias« und kehrte zu Moon zurück.

»Und?«, fragte der.

»Da geht's lang.« Gus zeigte auf das Schild.

Durch die Straße wehte ein sanfter, kühler Wind. Am Horizont bettete sich die müde Sonne langsam ins Meer, ihr Licht strahlte milder und milder und verlieh dem Dorf eine warme, friedliche Stimmung. Nach hundert Metern erreichten sie das Hotel Lagarto. Die Eingangstür stand weit offen, von drinnen hörten sie scheppernde Latinomusik und aus einem flackernden

Fernseher an der Wand einen völlig aufgelösten Moderator mit sich überschlagender Stimme eine Fußballübertragung kommentieren. Es war ziemlich dunkel im Raum. Auf einem kleinen Empfangstresen stand ein Gestell voll behangen mit grellbunten Chipstüten und eine Vase mit Strelitzien, deren Blüten wie Vogelköpfe keck in alle Richtungen schauten. An der Wand hingen Bilder von Fußballern, teils Porträts, teils Gruppenaufnahmen, Männer aufgereiht in farbigen Trikots, siegreich oder geschlagen in die Kamera schauend, mittendrin ein Kupferstich eines verwegen dreinblickenden, vollbärtigen Mannes, der kein anderer sein konnte als der legendäre Abenteurer Rico Fernandez, daneben ein großes Porträt von Che Guevara und ein altes, vergilbtes Familienfoto. Eine sanft lächelnde Maria im goldenen Schein verband mit ihrer Heiligkeit das Durcheinander an Bildern.

»Buenos dias, señores! ¿Cómo estás?« Ein schnauzbärtiger Mann in einem bunten Hemd, das von seinem dicken Bauch aus der Hose gedrückt wurde, war aus einer Tür getreten und reichte ihnen freundlich seine fleischige, behaarte Hand. »Julio!«, stellte er sich vor. »Freunde der Sonne! Hattet eine scheene Fluke?«
»Muy bien«, antwortete Moon, was Julio mit großen Augen und einem begeisterten »Oooh! Spreche gutt espaniol« quittierte und sich dabei rhythmisch auf den

Bauch klopfte und »María!« nach hinten brüllte. Eine kräftige Frau mit Kopftuch stieß die Küchentür auf, wischte sich die Hände an ihrer Schürze ab und rief: »Willkommen auf La Hermosa! ¿Qué tal?«

»Muy bien«, antworteten Moon und Gus fast synchron.

»Hast du das Zimmer für die Herren schon fertig, María?«, fragte Julio.

»Ich dachte, die Gringos kommen erst nachmittags«, antwortete María.

»Puta madre, was ist los mit dir?«, fluchte der Dicke. »Mach gefälligst, aber schnell.«

»Ich muss noch die Betten beziehen, einer von den besoffenen Engländern, die heute Morgen abgereist sind, hat ins Bett geschissen«, sagte María und eilte davon.

»Engländer. Ich bringe sie um«, sagte der Dicke und machte an seiner Kehle eine Geste, welche diese Absicht untermalte, dann wedelte er mit den Händen in der Luft herum und rief ihr hinterher: »Lüfte gut, hörst du?! Lüfte gut, María!«

Von der Treppe kam ein »Um jeden Scheiß muss man sich kümmern!« zurück.

»Lüfte! Aber schnell!«

Moon und Gus hatten den Eindruck, irgendetwas war schiefgelaufen. »Gibt es Problemo? Ist jemand ermordet worden – äh, anybody was killing?«, fragte Gus.

»No, no problemo! No!«, der Dicke schüttelte sich vor Lachen. »Momentito, momentito. Alles geht seinen Weg. Darf ich die Herren zu einem Brandy einladen?« Er zwinkerte ihnen zu.

»Oh, no. Muchas gracias, not now«, sagte Gus, »muchas gracias.«

»Zumo de naranja?« Julio, zeigte auf eine Schale mit Apfelsinen, demonstrierte mit den Händen das Pressen von Orangen und vergewisserte sich noch mal: »Zumo? Si?«

»Si! Bueno, gerne, Vitaminos«, antwortete Moon. »Gracias.«

»Vitaminos?«, fragte Gus grinsend. »Geschliffenes Spanisch, Kompliment.«

»Setzt euch doch, take a seat«, Julio zeigte auf zwei Barhocker am Tresen, »Football kucke. Real Madrid!« Er machte große Augen und hob den Zeigefinger. »Rrrreal Madrid«, wiederholte er, als verkünde er die Ankunft des Erlösers.

»Barcelona«, antwortete Moon und hob seinen Daumen. »Barrrrcelona!«

»Die Hurensöhne soll der Teufel holen.« Julio hob seine Hände nach oben und verzog sein Gesicht. »Me gusta, señores, me gusta.« Er lachte höflich. Ääh … gutt, bueno, gutta clubbe. Alemanie football? Welche Clubbe, du?«, fragte Julio und presste nebenbei Apfelsinen den Saft aus ihrem orangefarbenen Leib.

»Tennis Borussia«, antwortete Gus.

»Russia?«, fragte Julio ungläubig.

Gus und Moon lachten herzlich. »No, Russia, no«, antwortete Gus, »Tennis Borussia. Berliner Fußballclub. Berlino!«

»Aaaah, Berlino!« Julio hatte verstanden, im selben Moment drehte der Kommentator im Fernsehen völlig ab. Er schrie nur noch: »Tor! Tor! Tor! Tor! Tor! Was für ein Tor! Was für ein unbeschreibliches Tor! Badet ihn in Goldstaub, salbt ihn und küsst den fruchtbaren Schoß seiner göttlichen Mutter, die ihn der Welt geschenkt!« Julio schleuderte eine ausgepresste Apfelsinenhälfte in den Mülleimer, riss die Arme zur Decke und rief: »Viva Real! Viva Real!«

»Das Zimmer ist fertig!«, erklang es von der Treppe. »Room is free.« María war zurück, schleppte ein Bündel gebrauchter Bettwäsche in einem Korb mit sich und wackelte schwerhüftig damit durch eine Hintertür.

»Hast du gut gelüftet?«, brüllte Julio, doch María verweigerte ihm die Antwort.

Gus und Moon tranken ihren Zumo, schauten noch kurz in das Fußballspiel, um dann anschließend, nach Erledigung der Formalitäten, ihr Doppelzimmer zu beziehen. Um Professor Brands Kostenrahmen nicht zu überfordern, hatten sie sich auf ein gemeinsames Zimmer geeinigt. Als sie den Raum im ersten Stock betraten, nahmen sie einen Duft von bemühten Reinigungsmitteln wahr, die aber einen allerletzten Rest menschlicher Ausscheidungsaromen alkoholvergifteter Engländer nicht völlig in den Griff bekommen hatten.

»Puh, na ja«, bemerkte Moon.

Die beiden Fenster des Zimmers standen zum Glück weit offen, ihre Läden waren an der Hauswand arretiert. Gus und Moon bot sich ein großartiger Blick über das dürftige Straßengeschehen. Unten ihnen pisste gerade ein kleiner Hund schamlos an ein Straßenschild und tippelte auf krummen Beinen fröhlich davon. Die Einrichtung des Zimmers war ziemlich barock und kitschig, an der Wand hing ein großes Ölgemälde, auf dem ein Fischerboot auf spiegelglattem Meer in die Abendsonne pflügte, daneben ein Motiv mit einer Bodega und einem Esel in vulkanischer Lavalandschaft. Von der Mitte des Raumes baumelte an vier Ketten eine in einen Metallrahmen gefasste, hölzerne Tischplatte mitten ins Zimmer.

Einen hängenden Wohnzimmertisch hatten die beiden noch nie gesehen.

»Schräges Teil«, sagte Moon und fing an, ihn mit einem sanften Stoß in Schwingung zu bringen. »Wie auf'm Kinderspielplatz«, kicherte er.

Gus hatte sich auf das eiserne Doppelbett geworfen und wurde daraufhin fast von der weichen Matratze wieder hinausgeschleudert. »Hey, Mann! Hier schaukelt wohl alles?«

Moon zeigte zur Wand. »Schau dir mal die schiefe Steckerleiste an. Vier Fassungen, nur zwei sind belegt. Das nennt sich Sparsamkeit. Vielleicht müssen wir die beiden anderen extra bezahlen?«

Gus drehte seinen Kopf nach unten: »Kuck doch mal nach, ob das Bett auch vier Füße hat? Man weiß ja nicht.«

Moon beugte sich herunter. »Entwarnung, sind komplett.«

Gus schnaufte: »Wie beruhigend.« Auf der Steinplatte einer dunklen Kommode stand eine Karaffe mit Wasser und zwei Gläsern, daneben lagen einige ausgefächerte Flyer mit regionalen Anbietern für Wanderungen, Ausflüge, Bootsfahrten und diverse Angebote für seelische oder körperliche Anwendungen. Plötzlich fiel ihm ein Flyer ins Auge, auf dem eine Seherin namens »Luva« ihre Dienste anbot. »Ich sehe was, was du nicht siehst«, stand da ganz groß. Gus kratzte sich seinen Dreitagebart und dachte nach. »Moon, hör mal«, sagte er nachdenklich.

Moon hatte sich gerade einen Kerzenständer in die Mitte des Hängetisches gestellt, um zu testen, wie weit man ihn pendeln lassen konnte, ohne dass er runterfiel. »Ja?«, fragte er, voll auf sein Experiment konzentriert.

»Hier preist eine Seherin ihre Fähigkeiten an.«

»So, so«, antwortete Moon und behielt den Ständer, der bereits gefährlich kippelte, scharf im Blick.

»Was meinst du, sollten wir sie nicht mal nach Magno fragen? Hm?«

»Schubkraft, Fliehkraft und Winkel spielen eine entscheidende Rolle – sehr interessant«, sagte Moon, ganz in physikalischen Gesetzmäßigkeiten versunken. »Äh? Was hattest du eben gesagt? Ach ja, ja, nach Magno fragen? Du, warum nicht? Ist doch lustig, fragen wir sie.«

Gus entdeckte noch eine Karte von La Hermosa, die ihnen einen anschaulichen Überblick über die gesamte Insel verschaffte. Direkt unter ihnen an der Küste lag demnach Puerto Calima, stellten sie erfreut fest. Eine grüne Punktlinie symbolisierte einen Weg durch eine naturbelassene Zone. Die Strecke nahmen sie sich für morgen vor. Sie packten ihre Taschen aus, verstauten ihre Kleidungsstücke in einem Schrank und legten ihre Toilettenartikel in das Bad.

»Musst du noch duschen?«, fragte Gus.

»Jetzt? 18:45 Uhr? Nä! Du?«

»Nö! Hab jetzt Hunger.«

Als sie herunterkamen, saßen mehrere Typen an der Bar und starrten auf den Fernseher. Barcelona führte inzwischen 2:1. Ab und zu flatterte und verzerrte das Bild, schien dem Exodus nahe, fing sich aber immer wieder ein. Gus und Moon strebten zügig zum Ausgang. Julio rief ihnen noch »Schönen Abend, die Herren. Good evening! Lassen Sie sich von Santa Lucía umarmen« hinterher.

Sie traten in die Abendkühle und gingen die Straße hinunter in die »Casa Blanca«.

»Hoffentlich gibt's da was Ordentliches?«

»Hier gibt's auf jeden Fall was Ordentliches«, bestätigte Moon und zeigte auf die von der Sonne vergilbte Karte an der Eingangstür. »Da, Tapas mit Fisch, Fleisch, Gemüse, alles.«

»Sehr ordentlich«, freute sich Gus.

Als sie das Lokal betraten raunte Moon beeindruckt: »Wow.«

Wo man hinsah, alles war weiß. Die Tische, die Stühle, die Bar, der Tresen, auch der Boden war wohl mal weiß gewesen. Zwei Deckenlampen mit beißenden 100-Watt-Birnen leuchteten gnadenlos alles im Raum aus. Hinter der Bar polierte ein hagerer Typ mit Ho Tschi Min-Bart penibel ein Weinglas, in einer Ecke saß ein in sich versunkenes, junges Pärchen, an der anderen ein älterer Mann mit dicker Hornbrille vor einem Glas Rotwein und las Zeitung. Keiner nahm Notiz von den beiden neuen Gästen. Die setzten sich und während Moon sich neugierig umschaute, studierte Gus schon die Speisekarte und hatte rasch was gefunden. »Hier, Olla podrida«, er zeigte mit dem Finger auf ein Gericht. »hört sich doch gut an, ich glaub, das nehme ich.«

»Du hast Mut«, sagte Moon. »Ich weiß nicht … hmm.« Er war sich noch nicht schlüssig. Wenn er Hunger hatte, war er in seiner Auswahl lieber auf der sicheren Seite und ließ sich nicht gerne auf fremdartige Gerichte ein.

»Hola! Alemán?« Der Typ vom Tresen war an ihren Tisch getreten.

»Si, äh – ja«, antwortete Moon.

»Okay. Ich bin Harry und komme auch aus Deutschland, bin seit ein paar Jahren auf der Insel. Wir können also Deutsch sprechen, wenn ihr möchtet. Seid ihr heute mit der Maschine aus Teneriffa gelandet?«

»Ja, genau«, antwortete Gus.

»Bienvenida! Wo wohnt ihr?«

»Im Lagarto«, antwortete Moon.

»Klar, wo sonst. Viele Alternativen gibt's ja hier nicht«, sagte Harry. »Wir haben auch zwei Zimmer in der Vermietung, sind aber alle belegt, also – ein Tipp von mir – wenn ihr mal wieder kommt, herzlich willkommen in der Casa Blanca.«

»Gut zu wissen.« Moon schmunzelte und drehte sich nach allen Seiten um. »Der ganze Laden radikal in Weiß, voll durchgezogen. Alle Achtung.«

»Is' genau dein Ding, oder?« Harry musterte Moon grinsend.

Moon lehnte sich in seinen Stuhl zurück und sagte: »Sehr gelungen, genau mein Laden, du sagst es.«

»Nun, was darf's denn sein?«, fragte Harry.

»Was ist das denn hier, dieses Olla Podrida?« Gus zeigte auf die Karte.

»Gemischtes Fleisch mit Gemüse, sehr lecker. Ein traditionelles Gericht.«

»Oh? Hört sich gut an. Das will ich auch«, sagte Moon.

»Okay, dann zweimal die Olla Podrida«, sagte Gus.

»Zum Trinken?«, fragte Harry.

»Zwei Bier, oder? Moon?« Gus schaute fragend.

»Jawoll. Schön kalt, gerne.«

»Kriegen wir hin«, sagte Harry und verschwand hinter seinem Tresen.

Die junge Frau in der Ecke stand auf und ging nach draußen. Gus sah ihr interessiert hinterher und flüsterte: »Hey, hast gesehen?«

»Ne Hübsche, ja.«

»Ach? Auf einmal kann der Herr scharf sehen, auf einmal.«

»Bei dem hellen Licht kann ich sogar sehen, dass sie schwanger ist. Was sagste nun?«

Gus hob den Daumen hoch. »Stark, hab ich aber auch gesehen. Das Baby hat noch nicht mal richtig den Sandkasten verlassen und schon bekommt es ein Baby.«

»Sie ist doch nicht älter als 17 oder 18, was meinst du?«

»Garantiert«, antwortete Moon. »Wenn überhaupt.«

»Ne Insel ist halt ziemlich eng, bisschen wie auf'm Dorf, denke ich.«

»Du meinst, hier gibt's Schützenfeste und Sportlerbälle?«

»Was weiß ich, meinetwegen Weinfeste oder Prozessionen – Mann, keine Ahnung – eine volle Kneipe mit Fußballübertragung tut's auch, die Sünde ist gesellig.«

Harry brachte ihnen Salz und Pfeffer und scherzte: »Schon mal die Vorspeise.«

Moon zupfte ihn am Ärmel. »Sag mal, Harry, kennst du hier in der Nähe zufällig einen Künstler namens Magno Malente?«

»Malente?« Harry dachte nach. »Also … ich kenne eine Carlotta, so eine Große, Rothaarige«, sagte er, »sie betreibt das Café Cortado in Rotta Parco, ungefähr drei

Kilometer von hier entfernt. Stellt da oft auch Bilder aus.«

»Magno Malente is'n Mann, Harry.«

»Schon klar, ich will nur sagen, vielleicht weiß Carlotta was von einem Malente? Die Künstlerszene untereinander, ich denke, man kennt sich.«

»Klar, gute Idee«, fand Moon. »Was stellt sie denn so an Bildern aus?«

Harry grübelte. »Ich bin ich nicht so regelmäßig im Cortado. Wisst ihr, fahrt doch mal hin oder geht zu Fuß, schaut mal rein und fragt Carlotta. Die freut sich über jeden neuen Gast und ihre Tapas sind ausgezeichnet. Dieser Malente, ist das ein Freund von euch?«

»Wissen wir noch nicht«, antwortete Gus grinsend.

Harry lachte. »Na, ich höre mich gern mal um.«

Die junge Frau kam von der Toilette zurück und setzte sich wieder zu ihrem Freund an den Tisch.

»Bildhübsch ist sie«, sagte Moon leise.

»Sagtest du bereits. Dieser natürliche Stolz, dieses Körpergefühl, das haben nur die Südländerinnen.«

»Na, na, nun mach mal nicht unsere Frauen schlecht. Kaum bist du im Ausland, schon diffamierst du. Sogar im arschkalten Island gibt's wunderschöne Frauen, so is ja nicht.«

»Ach so?« Gus schaute ihn ungläubig an. »Du warst schon mal da?«

Moon nahm einen großen Schluck von seinem Bier. »So was gehört doch zur Allgemeinbildung«, antwortete er und wischte sich den Schaum vom Mund.

»Schau dir an, wie sie dasitzt, diese herrlichen Schultern, der wunderschöne Hals. Ich liebe Hälse.«

»Seit wann das denn?«, fragte Moon verdutzt.

»Immer schon. Ich finde die Halspartie bei einer Frau hocherotisch, würde mir beim Zeichnen für meine anatomischen Vermessungen immer den Hals aussuchen und nicht die Nippel, wie andere Leute.«

»Unsinn. Nippel sind als Fixpunkte einfach besser geeignet als der Hals. Hälse sind nur was für Henker.«

»Aha. Du weißt aber, dass sie dich hier massakrieren würden, wenn du versuchen würdest, bei dem Mädchen den Abstand ihrer Nippel zu vermessen? Versuch das mal. Ich hab keine Lust, danach deinen Leichnam mit nach Hause zu schleppen.«

Harry platzte mit zwei Tellern dazwischen. »Zweimal Olla Podrida für die beiden Señores, buen Appetit!«, rief er und stellte sie mit elegantem Schwung auf den Tisch.

Moon und Gus speisten, lobten den Koch in höchsten Tönen, tranken gebührend auf sein Wohl und brachen um Mitternacht auf. Harry gab ihnen noch den Tipp, wenn sie runter nach Puerto Calima wollten, unbedingt ins Zazil Ha zu gehen, da gäbe es immer guten Fisch. Bei ihrer Rückkehr wurden sie im Hotel von Julio freudig begrüßt, als wären sie gerade eben angekommen, und von ihm noch zu einem Schlummertrunk und einem Teller mit Feigen eingeladen. Die Anstrengungen des Reisetages zeigten langsam ihre Wirkung, also wünschten sie Julio eine gute Nacht und begaben sich auf ihr Zimmer. Dort fielen sie sofort in einen tiefen Schlaf.

Sardinas frescas! Caballas frescas! Pescaditos frescas! Tengoooooo!« Von der Straße plärrte ein grässlicher Lautsprecher zu ihnen hoch. Gus fuhr völlig zerknautscht aus dem Schlaf hoch, schlurfte zum Fenster und schaute raus. Unten parkte ein von kauflustigen Frauen umringter weißer Kombi mit geöffneten Hecktüren. Es gab frischen Fisch. Der Piranha-Hund war auch dabei und spekulierte offensichtlich auf ein paar Abfälle. Sein wedelnder Schwanz vermittelte Zuversicht.

»Was'n los?« Moon war aufgewacht und rieb sich die Augen. »Wie spät is denn?«

»Keine Ahnung, aber gefühlt zu früh. Immerhin, es gibt Fisch«, antwortete Gus.

»Ärx... aber doch nicht am frühen Morgen, Mann.« Moon streckte sich ächzend und brummte: »Ich muss was trinken, hab 'ne tote Amsel im Mund.«

»Du musstest ja auch gestern Abend noch eine dicke Kubaner rauchen.«

»Si, claro. Mir war danach. Zum guten Brandy eine gute Zigarre.« Moon richtete sich auf, verharrte auf der Bettkante und fuhr sich über seinen kahlen Schädel. Dann stand er stöhnend auf, kratzte sich am Rücken, sagte »Guten Morgen, wundervoller Pendeltisch«, gab ihm einen sanften Schubs und latschte gähnend ins Bad.

»Mal schauen, ob es unten was zu frühstücken gibt, was meinst du?«, rief Gus ihm nach.

»Muy bien, Amigo!«, antwortete Moon. »Hör mal, der Wasserstrahl von der Dusche reicht ja knapp für'n Hamster!«

»Kannst doch im Meer baden! Ich gehe schon mal runter und peile die Lage. Du trinkst doch auch Kaffee?«

»Immer! Ich komm gleich, ich spring nur kurz unter den Tropfen«, antwortete Moon.

Unten in der Bar war keiner zu sehen, auf dem Fernseher wiederholten sie das Spiel vom Abend zuvor. Am Spielverlauf und dem sich überschlagenden Kommentator hatte sich nichts geändert. Gus ging weiter nach hinten durch und kam in einen Raum mit einigen Tischen. Offensichtlich konnte man hier auch frühstücken, denn an zwei Tischen speisten Menschen, offensichtlich Gäste. Gus sagte »Buenos días« und erhielt ein höfliches Gemurmel zurück.

An den Wänden hingen Malereien, die man augenscheinlich käuflich erwerben konnte, denn an jedem Bild klebte ein Zettel mit einem Preis. Die Künstlerin – Gus nahm an, dass sich hinter der Signatur »Calo« diese von Harry erwähnte Carlotta verbarg – muss irgendwann mal auf die verrückte Idee gekommen sein, Menschen mit drei Augen zu malen, denn auf all ihren Bildern waren durchweg Köpfe mit drei Augen. Ein trunkener Betrachter würde das sicher als normal empfinden, nüchtern fragte man sich jedoch nach dem tieferen Sinn ihrer Darstellung. Die Künstlerin gab Rätsel auf. »Ein gutes Bild muss bewirken, dass sich im Betrachter etwas bewegt«, hatte ihm mal ein Maler gesagt, so gesehen machte Calo alles richtig und Gus fragte sich, ob sie vielleicht eine ehemalige Augenärztin war, oder man das dritte Auge als Symbol für eine dritte Betrachtungsweise des Lebens deuten sollte? Oder war es Gott? Gott, der alles, alles was wir tun und lassen, sieht? Oder die Geheimdienste? Das Finanzamt? Der Nachbar? Killroy? Die eigene Mutter? Wahnsinn, was diese Calo in ihm auslöste. Die Bilder zeigten schon Wirkung. Das Ölbild im Wohnzimmer seiner Eltern hingegen, auf das er neunzehn Jahre geschaut hatte, hatte überhaupt keine Fragen an ihn gestellt. Bergmassiv, Tal, Kirche, Wiesen, Kühe, das Allgäu – basta. Allgäu wusste er auch nur, weil auf der Rückseite »Rettenberg im Allgäu« stand. Natürlich konnte man sich fragen, wie die Fußgelenke der Rinder auf Dauer mit den schiefen Hängen klarkamen, oder ob auf dem Weidezaun Strom war – nicht, dass er beim Pinkeln – Aua! – einen Schlag bekäme oder ob der Pfarrer in dieser Kirche in dieser hohen Lage vielleicht fröre? Aber solche Fragen regten ihn persönlich nicht dazu an, den mühevollen Weg in sein tieferes Inneres anzutreten. Gar nicht. Wenn Gäste kamen und das Bild betrachteten, sagte sein Vater immer wie auf Knopfdruck: »Auf der Alm, da gibt's ka Sünd.« Als Kind verstand Gus das so, dass es auf einer Alm Kasünt gab. Er brannte drauf, zu erfahren, was ein »Kasünt« war? Vielleicht eine Eissorte? Ein Kuchen? Auf jeden Fall etwas Begehrenswertes, sonst hätte sein Vater es doch nicht ausdrücklich erwähnt. Der hatte seine Nachfrage jedoch nur lakonisch mit »Nix für Kinder« beantwortet.

»Buenos días! Buenos días! Wo isse amigo blanco?« Julio war hereingestürzt.

»Buenos días, hier kommt er!« Moon war im selben Moment frisch geduscht eingetreten.

»Mira! Gut geschlafen?«, fragte Julio, formte mit den Händen ein Kissen und legte schief seinen Kopf dazu. Nichts ging ohne Handperformance.

»Bueno – bis der Fischhändler kam«, antwortet Moon.

»Häää? Nix verstehe. Fiesender?«, fragte Julio verwirrt.

»Nix Fieser«, Moon amüsierte sich. Fisch-händ-lerrr«, wiederholte er und imitierte mit der Hand einen schwimmenden Fisch. »Blubb-blubb!«

»Aaah, pescado fresco? Fieß? Si, das ist Diego, der Fischer. Kommt jeden Morgen in die Stadt und verkauft seinen frisch gefangenen Fisch. Sardinen, Vieja, Sama, Rabil, Cherne ... Lecker Fieß.«

»Früh, sehr früh, mucho früh.« Moon machte müde Augen und Schnarchgeräusche.

Julio lachte böllernd und hielt sich den Bauch, dann breitete er seine Arme aus und schwelgte: »Ein junger Morgen ist wie ein junger Mensch, rein und unschuldig. Der Mittag ist hingegen ist schon gealtert, drum nimm den Morgen in die Arme, er ist die Jugend des Tages. Welcome the beautiful morning, amigos. Bienvenidos, bonito Morgen.«

»Muy bien«, sagte Moon.

»Breakfast? Tostadas con jamón y queso? Toast with ham and cheese?«, fragte Julio.

»Si, sehr gerne … ähm, muy bien«, antwortete Moon. »Für dich doch auch, Gus?«

»Prima, gerne.«

»Bueno!« Julio eilte zur Küche.

»Hör mal, Moon. Wir brauchen hier ein Auto, sonst laufen wir uns die Füße wund, sind vor allem abhängig von anderen Leuten. Bislang wissen wir nicht, wo Magno Malente wohnt, also brauchen wir Mobilität. Kann ja sein, dass der Künstler sich sonst wo verkrochen hat.«

»Sehe ich auch so.«

»Ich frage mal Julio.«

Für Julio war das klar »no problemo!« Sein Schwager hatte die Tankstelle im Ort und drei Seat 127 zur Vermietung im Angebot. Julio bot ihnen an, wenn sie mit einem Seat einverstanden wären, das für sie zu regeln. Wenn sie abends zurückkämen, stünde der Wagen für sie zur Verfügung. Alles wie gehabt ohne problemo. Auch der Mietpreis erschien ihnen erfreulich günstig. Julio erklärte das mit »Nix neue coche, alte Opapa, aber no problemo, gut fahren, no problemo.« Gus und Moon willigten ein. Unterkunft und Mietauto in einer Hand, perfecto. Dann ließen sie sich von Julio anhand einer Karte die Strecke hinunter nach Puerto Calima zeigen und machten sich auf den Weg. Julio lobte noch ihre langen Hosen, damit bekämen sie no problemo. Was er damit meinte, sollten sie kurze Zeit später besser verstehen.

Auf der Straße gesellte sich der kleine Hund von gestern Abend zu ihnen, er versprach sich offensichtlich mehr vom Tag – vielleicht auch vom Leben? –, wenn er sich den beiden anschloss. Gus war kein großer Hundefreund, aber Moon hatte den kleinen Straßenköter ins Herz geschlossen und nannte ihn, wegen eines schwarzen Streifens über seinen Augen, spontan »Zorro«. Die Zuneigung war beiderseitig.

»Na, prima«, sagte Gus, »jetzt haben wir den Köter an der Backe.«

Der stellte aufmerksam seine Ohren hoch und machte ein schiefes Köpfchen. »Kluges Kerlchen, zum Glück verstehst du nur Spanisch. So bleiben dir diese Beleidigungen erspart«, sagte Moon und knautsche ihm ein Ohr. Zorro schloss die Augen.

»Frag ihn doch mal nach Magno Malente.«

»Später«, antwortete Moon, »ich will ihn nicht gleich ins Kreuzverhör nehmen, weißt du, erst mal Vertrauen aufbauen.«

»No problemo.«

Der Weg nach Puerto Calima war ausgeschildert. Harry hatte ihnen geraten, auf einen großen Stein zu achten, der wie eine Schildkröte aussah, ihm gegenüber auf der anderen Straßenseite ging der Weg runter zum Strand. Sie könnten ihn gar nicht übersehen. Am besten hielten sie sich auf der linken Straßenseite, um den einheimischen Autofahrern von vorne zu begegnen, so könnten sie besser reagieren und sich im Zweifelsfalle mit einem Sprung zur Seite retten. Der Fahrstil der Insulaner sei gewöhnungsbedürftig. Um nicht in die vielen Schlaglöcher zu geraten, führen sie unberechenbare Ausweichmanöver, so hatte sie Harry gewarnt. Also liefen sie folgsam auf dem linken Seitenstreifen, bis sie endlich die felsige

Schildkröte sahen und davor ein ramponiertes Schild, das nach links, nach »Puerto Calima« wies. Ein Witzbold hatte »Attention« darunter gesprüht. Sie folgten einem Schotterweg abwärts durch stachelige Büsche, Sträucher und Kakteen. Nun verstanden sie auch, warum Julio ihre langen Hosen so gelobt hatte. Zorro tippelte brav hinter ihnen her und schien den Ausflug zu genießen. Mal schnüffelte er hier, mal dort, manchmal verschwand er im Gebüsch und folgte dem Geruch eines Kaninchens oder flüchtenden Lagartos. Er kehrte aber immer wieder um, als hätte er Angst, sie zu verlieren. Der Weg führte weiter hinab, schlängelte sich über Wasserleitungen und vorbei an Wassertanks, die der Bewässerung der Plantagen dienten. Irgendwann stießen sie auf einen verrosteten Generator, ein anderes Mal auf eine alte Badewanne, ein Garagentor, ein Sofa und diverse Kleinteile aus Küche und Bad. In der Summe kam die komplette Einrichtung eines ganzen Hauses zusammen. Offensichtlich wurde diese Gegend als illegale Müllkippe genutzt. Der Weg hatte längst seine klare Linie verloren und machte jetzt, was er wollte. Alle paar Meter mussten sie sich neu orientieren und sich vorsichtig mit großem Sicherheitsabstand an großen Kakteen vorbeischlängeln. Als grobe Richtung galt nun abwärts. Nach einer guten halben Stunde lichtete sich das Gebüsch und die Meeresspiegelhöhe zeigte ihnen an, dass sie sich dem Strand näherten. Zorro trippelte aufgeregt voraus.

»Hoffentlich hat er seine Badehose dabei?«, frozzelte Gus.

»Zorro badet nackt.«

»Das wird hier wohl nicht so gerne gesehen, denke ich.«

»Vielleicht liegen aber auch ein paar Hündinnen am Strand?« Moon kickte eine rostige, verbeulte Sardinendose beiseite, auf die sich Zorro sofort stürzte und sie schüttelte, bis ihr Genick brach. Vor ihnen stand noch ein großer, halb gefüllter Wassertank, auf dessen Oberfläche wie ein Teppich ein grüner Belag schwamm. Gleich dahinter öffnete sich die Landschaft und ein steiniger Weg führte sie zwischen zwei Baracken hindurch direkt an eine kleine Bucht mit schwarzem Sand und schlanken, hohen Palmen und einigen bunten, verankerten Schifferbooten, die in sanfter Dünung schaukelten. Am felsigen Bergrücken reihten sich schiefe Häuschen aneinander und auf der Promenade herrschte buntes Treiben. In einem kleinen Café saßen Menschen unter schützenden Schirmen und genossen die Wärme und den Sound rhythmisch heranrollender Wellen. Es wirkte alles sehr behaglich und überschaubar. Zorro markierte schon mal einen Pfosten, damit man ihm später das Gelände nicht streitig machen konnte. Anschließend stellte er seine spitzen

Ohren hoch, zog die Duftströme in sich hinein und schaute aufmerksam auf Moon, als erwartete er klare Befehle.

»Ich glaub, er hat Durst?«, sagte Moon.

»Nicht nur er«, antwortete Gus, blieb stehen und lauschte. »Hörst du das auch?«

»Da tut sich was, lass uns mal schauen.«

Auf der Promenade saß ein buntes Völkchen und machte Musik. Einer von ihnen sah aus wie Gary aus dem Flugzeug, der wie im Trancezustand auf zwei bunt bemalte Congas hämmerte, als galt es, den Gott des Regens wohlgefällig zu stimmen. Vor ihm lag Carlos, der große, schwarze Hund aus dem VW-Bus, und bewachte mit halb geschlossenen Augen einen Teller mit Münzen. Zorros Annäherungsversuche quittierte er mit einem tiefen Grollen.

»An den Congas, das ist doch Gary?«, raunte Gus Moon ins Ohr.

»Eindeutig, und der Gitarrist – ist das nicht der Fahrer vom VW-Bus … dieser, dieser … Amigo?«

»Oder Adamo? Nee, der hieß … Al-Al-Alamo …?«
»Almo!«

»Almo, genau der. Sach ma, wie hackt denn dieser Gary auf den Fellen herum?«

»Unerbittlich.«

Nina rauschte ihnen in einem wallenden, bunten Kleid und scheppperndem Geschmeide begeistert entgegen. »Hey! Na schau mal wer da ist? Wie schön, euch wiederzusehen! Me gusta? Schon eingelebt, ihr beiden?«

»Hey, Nina! Der Vorgang läuft«, antwortete Gus und beide umarmten sie herzlich.

Nina strahlte und rief zu Gary, der just eine Pause eingelegt hatte: »Gary! Gary! Schau mal, unsere amigos aus dem Flugzeug!«

Der wischte sich eine schweißnasse Locke aus dem Gesicht, warf schwungvoll seine langen Haare zurück und antwortete fröhlich: »Heeey? Die Buddys aus dem Viehtransporter? Alles klar, Guys?«

»Mann, Gary, du haust ja hier richtig einen raus.«

»Danke, Mann. Shit, das geht ganz schön auf die Knochen«, stöhnte Gary und knetete sich seine roten, geschwollenen Finger.

»Musst dir Leukoplast um die Finger wickeln, das hilft.«

»Keine schlechte Idee, Mann.«

Nina zeigte auf Zorro. »Wo habt ihr denn das drollige Hündchen her?«

»Zorro hat sich uns angeschlossen«, antwortete Moon. Zorro spürte, dass von ihm die Rede war, er bellte und drehte sich im Kreis.

Nina musste laut lachen. »Zorro? Na du bist ja witzig.«

»Show kann er«, sagte Moon.

»Hunde, die sich im Kreis drehen, haben was mit den Ohren«, sagte Gus.

»Du magst ihn nicht, also misch dich nicht ein«, knurrte Moon.

»Armes Tier.«

Eine Frau mit wilder, schwarzer Mähne, die mühsam von einem breiten, roten Stirnband gebändigt wurde, war an sie herangetreten und stellte sich vor: »Ich bin Luva, hey.«

»Hey, Luva, ich bin Moon.«

»Luva ist unsere Wahrsagerin und Handleserin«, erklärte Gary.

Luva strahlte. »Hola, amigos. Qué tal?«

»Muy bien. Wir haben schon in unserem Hotel deinen Flyer gesehen, aber als Wahrsagerin wusstest du ja sicher bereits, dass wir kommen, oder?«, fragte Moon augenzwinkernd.

Luva lachte, taxierte ihn von oben bis unten und schien angetan, besonders seine Narbe über dem Auge weckte ihr Interesse. »Faszinierend, faszinierend … sehr interessant«, flüsterte sie.

»Findest du?«, fragte Moon.

»Darf ich mal?«, fragte Luva und strich sanft mit ihrer Hand über die Vernarbung.

Moon zog leicht zurück. »Das ist gebührenpflichtig.«

»Faszinierend«, murmelte sie.

»Ein Halbmond, deswegen nennt man mich auch Moon.«

»Das ist eindeutig ein Komet, Moon, kein Halbmond. Du bist womöglich auserwählt, bestimmt für etwas Großes, von dem du heute noch nichts weißt. Steht alles in den Sternen, Moon, du musst sie nur lesen können.«

»Sterne habe ich gesehen, als ich damals mit meinem Roller gegen den Laternenpfahl gedonnert bin, das stimmt.«

Luva zwinkerte ihm zu. »Viele Zusammenhänge, die wir heute nicht verstehen, erklären sich uns im Morgen, vertraue einfach deinen Bestimmungen, ganz tiefenentspannt.«

»Eins, zwei, drei im Sauseschritt, das Schicksal läuft und wir geh'n mit.« Moon grinste breit.

»Mach dich nur lustig.« Luva lachte. »Bis später, du Sauseschritt.«

Die Session schien beendet, die Gruppenmitglieder begannen sich nun auf der Promenade zu verteilen. Einer von ihnen jonglierte mit Bällen, Luva empfahl sich als Handleserin und Gary hatte sich aus einem zerbeulten Koffer einen Klappstuhl und einen großen Zeichenblock genommen und setzte sich damit an den Rand des Mäuerchens. Vor sich hatte er ein handbeschriebenes Schild gestellt, auf dem stand: »Porträts aus Künstlerhand, ein Schmuck für jede Wand.« Gus und Moon rätselten, wie er darauf gekommen war.

Das Gesicht eines Menschen ist wie seine Visitenkarte, nicht umsonst klebt ja zur Identifizierung einer Person in seinem Ausweis sein Gesicht und nicht sein Fuß oder seine Hand oder irgendein anderes Organ. Ohne Zweifel bietet sich das Gesicht als oberstes Körperteil und Herberge von Hör-, Riech- und Sehorganen, inklusive Öffnung zur Nahrungsaufnahme, in Kombination als Sprach- und Liebkosungszentrum, förmlich an. Bei einem Porträt stellt der Zeichner oft fest, dass Augen und Ohren selten auf einer Linie liegen. So gesehen ist das menschliche Antlitz mehr oder weniger schief und krumm, ein perfektes gibt es nicht, ein exakt gleiches schon gar nicht. Auch Zwillinge unterscheiden sich, wenn man genauer hinschaut. Ein weiteres Merkmal ist natürlich die Form der Nase, der Ohren und vor allem des Mundes. Die geringste Veränderung der Mundwinkel um nur ein oder zwei Millimeter nach oben oder unten, kann einen gravierenden Stimmungsunterschied bedeuten. Belustigt, amüsiert, wohlwollend, beleidigt, zickig, skeptisch, misstrauisch, ärgerlich, verbittert … und, und, und. Bewirkt von zwei weichen, zarten Fleischwülsten. Ist doch verrückt.

Diese komplexen Zusammenhänge zu verstehen und einen Menschen so aufs Papier zu bringen, dass er sich selber – und ihn auch jeder andere – wiedererkennt, dies ist die hohe Schule der Zeichenkunst. Nur Menschen im tiefen Gleichklang mit sich selbst akzeptieren sich nämlich so, wie sie sind, alle anderen möchten lieber jünger, glatter, schlanker, kurzum schöner sein, als sie in Wahrheit sind. Ihre jeweilige »Schokoladenseite« ist die einzige Perspektive, aus der sie sich leidlich akzeptieren. Menschen zu porträtieren und dafür sogar noch Geld zu nehmen, ist folglich ein blitzgefährliches Terrain, auf das sich dieser Gary wagte. Gus und Moon saßen erwartungsvoll in diskreter Distanz hinter ihm auf dem Mauerabsatz, um den Künstler bei seinem Schaffen nicht zu bedrängen. »Ich würde mir das nicht zutrauen«, murmelte Gus, »erst recht nicht für Kohle.«

Schon näherte sich ein händchenhaltendes, junges deutsches Urlauberpaar und schien interessiert an einem exklusiven Kunstwerk. Sie blieben stehen. »Schatz? Was meinst du, hast nicht Lust?«, fragte er und zeigte auf das Schild.

Sie zierte sich. »Meinst du? Ich sehe doch heute echt nicht besonders gut aus.«

»Hör mal, so'n Quatsch. Du siehst toll aus, Jenny.«

»Das kann ich nur bestätigen«, schleimte Gary.

Sie errötete. »Was soll denn so was kosten?«, fragte ihn der Mann.

»In Schwarz-weiß 20.- DM, in Farbe 30.- DM.«

Gary bot sogar zwei Variationen an, Gus und Moon waren beeindruckt.

»Also dann, komm, voll in Farbe, wenn schon, denn schon«, sagte der Mann.

»Wann hat man schon mal die Gelegenheit.«

Jenny gab nach und setzte sich auf einen Hocker, den Nina ihr hingeschoben hatte.

»Einfach locker sitzen und auf den Bergrücken in der Ferne schauen«, bat Gary sie. »Wenn möglich, bitte nicht zu viel bewegen und diesen Blickwinkel beibehalten, ja?«

»Mach ich«, sagte sie.

Gary begann erstaunlich zielstrebig, skizzierte flott die Grundform des Kopfes der jungen Frau, hielt dann aber inne, um sich sein weiteres Vorgehen zu überlegen. Weibliche Gesichter sind generell weicher als männliche, also muss sich der Zeichner die feinen Nuancen suchen, die charakteristisch für die Frau sind, die er porträtieren will. Diesbezüglich war Jenny ein Glücksfall, denn sie verfügte über eine beachtliche Nase, mit der sich ihr Gesicht offenbar versöhnlich arrangiert hatte. Vermutlich hatte man in ihrer Jugend »Nasenbär« oder »Geierwalli« zu ihr gesagt, aber solche bösen Hänseleien schien sie folgenlos überstanden zu haben, trug sie doch ihren Kopf selbstbewusst hoch. Mit Recht, denn eine ausgeprägte Nase steht für Durchsetzungskraft und starken Willen, kurzum für eine starke Persönlichkeit. Gegenüber ihrem Freund spielte Jenny wohl noch das eitle Weibchen, und das sicher nur, um ihn in Sicherheit zu wiegen, bevor sie ihm eines Tages zeigt, wer sie wirklich ist. Das passiert meistens nach der Hochzeit. Jetzt jedenfalls schaute sie pflichtbewusst in die angewiesene Ferne.

Man konnte spüren, wie dankbar Gary wiederum für dieses Organ in Jennys Gesicht war, konnte er doch von dort alles Weitere drum herum aufbauen. Also begann er mit der Darstellung ihres prachtvollen Riechorgans. Im Gegensatz zu seinem fulminanten Start strichelte er jetzt zaghafter und setzte immer wieder ab, um sein Werk stufenweise zu begutachten. Er schien zufrieden. Sein Selbstbewusstsein löste wiederum bei Gus und Moon, angesichts der immer erkennbareren Mangelhaftigkeit seines Werkes, Erstaunen aus. Es gibt Menschen, die trauen sich alles zu. Gary war so einer.

Jennys Partner platzte vor Neugier und hätte nur zu gerne vorab mal einen Blick auf das Werk geworfen, schließlich bezahlte er ja dafür, aber keine Chance – Gary schützte penibel das Geheimnis hinter seinem Zeichenblock und geriet immer mehr in Schwung. Langsam formte sich auf dem Papier ein erkennbares Gesicht, was, nach Ansicht von Gus und Moon, wenig mit Jenny zu tun hatte, sondern sie eher an einen Bruder von Barbara Streisand erinnerte, so die denn einen hatte. Als Gary sich auch für eine Frisur entschieden und somit ihre Umrisse gezeichnet hatte, machte er sich an Jennys Auge. In der Seitenansicht sieht man glücklicherweise nur ein Auge, aber auch das bekam Gary nicht ansatzweise hin. Gerade das Auge wäre seine Chance gewesen, der Person Jenny nahezukommen, dafür hätte er jedoch deutlich mehr verstehen müssen, was ein menschliches

Auge ausmacht, die feinen Details, die Form, das Lid, die Fältchen, die Pupillen, die Stellung. Arabische Menschen erkennen Frauen allein an ihren Augen aus Tausenden von Kopfverhüllungen heraus. Nun sah die Person auf Garys Zeichenblock immer noch aus wie der Bruder von Barbara Streisand, jetzt allerdings nach einem Junggesellenabschied. Zu guter Letzt setzte Gary noch einen Mund unter die Nase, mit dem Jenny in natura kaum einen Bissen herunterbekommen hätte, und kolorierte sein Werk abschließend locker mit Filzschreiber. Danach unterwarf er es noch einer finalen Begutachtung, in dem er es mit ausgestreckten Armen von sich abhielt und rief dann: »Mira! Fertig!«

Nina klatschte in die Hände und jauchzte: »Zeig!«

Ganz langsam drehte Gary seinen Zeichenblock um, so dass nun alle sein Werk begutachten konnten.

Jenny und ihr Freund starrten sprachlos auf die Zeichnung. Es herrschte schmerzhafte Stille. Einige Passanten spürten die Spannung, blieben interessiert stehen und schoben sich näher heran, um ebenfalls einen Blick auf das Kunstwerk zu erhaschen. Moon raunte Gus ins Ohr: »Schreib mal schnell'n Schild: Vorsicht, Porträtzeichner.«

»Hmmm … hmm«, brummte der Freund, verengte seine Augen und schaute mit schiefem Kopf, als gelänge es ihm, über einen anderen Betrachtungswinkel eine Ähnlichkeit mit seiner Freundin festzustellen. Er scheiterte.

»Oh, Gott. D-d-das soll ich sein?«, stotterte Jenny, die kreidebleich war. Sie wirkte wie paralysiert.

Ein älterer Herr in kurzen Hosen beugte sich nach vorne, setzte seine Brille auf und raunte dann seiner Frau zu: »Dat grenzt an Körperverletzung.«

»Tobias«, fragte Jenny mit tonloser Stimme ihren Freund, »sag mir die Wahrheit: Hab ich so eine Nase?«

Er nahm sie tröstend in den Arm. »Niemals, Schatz, niemals. Das bist du nicht, wirklich nicht.«

Damit traf er Garys Ehre. »Ihr habt bitteschön bei mir ein Kunstwerk in Auftrag gegeben und kein Passfoto. Mir war es wichtig, das Wesen von Jenny herauszuarbeiten, ihre Aura zu erfassen. Der Strich ist doch nur ein Vehikel, ihr müsst das Bild als Ganzes verstehen.«

»Hab ich so einen riesigen Zinken, Tobias?«, stöhnte Jenny.

»Die Nase dient doch nur als Symbol für dein Charisma, verstehst du? Interpretiere das bitte auch so, störe dich nicht an schnöden Proportionen, dann gelingt dir auch der Zugang zu dem Bild, zu deinem Selbst«, sagte Gary.

»Bin ich ein denn ein Chamäleon? Hab ich solche Glotzaugen, Tobias?«, ächzte Jenny.

»Vergiss es, nein«, tröstete sie Tobias verzweifelt.

Nina versuchte zu retten, was zu retten war. »Jenny, ich finde, du hast ein wunderwunderschönes Gesicht, die Übertreibung ist nun mal ein Stilmittel in der Kunst, bitte bewerte das nicht über. Gary versucht immer, mit seinem Zeichenstift den Menschen in seiner Komplexität zu erfassen und zu erschaffen.«

»Das soll ich sein?« Jenny stand immer noch unter Schock.

»Gary«, flüsterte Nina, »kannst du nicht an der Nase vielleicht noch ein bisschen was ändern.«

Gary warf seine Haare nach hinten. »Also ich darf doch wohl bitten«, knurrte er, »wie sind doch hier nicht im Wunschkonzert. Ich habe meinen Ansatz dargelegt und dabei bleibt es.«

Nina wandte sich hilfesuchend an Gus und Moon. »Was meint ihr denn?«

»Nun ja … äh …«, sagte Gus, der sich mit einer ehrlichen Antwort sehr schwer tat, »es ist, will mal so sagen, doch wohl eine … ich sage mal … eher abstrakte Umsetzung. So verstanden durchaus gelungen, allerdings tritt damit der vom Kunden gewünschte Wiedererkennungseffekt natürlich eher schon … zugegeben … also, ich sage mal, etwas in den Hintergrund.«

»Das ist doch misslungen! Es tut mir leid, aber wir lehnen die Annahme dieses Bildes ab«, sagte Jennys Freund erbost, griff sich seine schockstarre Jenny und die beiden verschwanden.

»Na, bravo! Dann geht doch in einen Photomaton-Automaten! Geht!«, rief Gary ihnen hinterher.

Nina nahm ihm den Zeichenblock ab und begutachtete noch mal sein Werk. »Du hast sie doch perfekt erfasst, Gary. Ich weiß gar nicht, was die haben? Gut, vielleicht ist die Nase einen Hauch zu – nein, ach was rede ich – nein, Gary, mir gefällt's.«

»Pisser!«, murmelte Gary.

»Lass es, sie haben deine Arbeit nicht verstanden – und sie auch nicht verdient.

Kommt, lasst uns ins Zazil gehen, damit wir alle wieder runterkommen. Die anderen wollen wohl noch'n bisschen weiter Straßentheater spielen.«

»Sehr gute Idee, Nina«, meinte Luva.

Zu fünft zogen sie ins Zazil Ha und bestellten bei einem alten, leicht wackeligen Kellner in einem zerknautschten, ehemals weißen Jackett Tapas. Luva flüsterte Moon ins Ohr: »Carlos ist hier eine Kultfigur, Kellner der ersten Stunde. War früher ein ganz heißblütiger Stier, erzählt man.«

Moon feixte: »Respekt. In der Jacke schläft er wohl auch?«

Luva musste lachen. »Der halbe Ort ist von ihm, heißt es.«

»Auweia. Der hiesige Zuchtbulle? Na, du kennst dich ja hier gut aus.« Moon zwinkerte ihr zu. »Dann sagt dir vielleicht der Name Magno Malente etwas?«

»Erst mal nicht. Deutscher?«

»Ja. Ein Kalligraph. Also einer, der sich auf das Schreiben von Schrift spezialisiert hat.«

»Auf Schrift? Oh, das ist ja spannend. Davon müsst ihr mir ausführlich erzählen, kommt mich doch mal besuchen, ich wohne in einer kleinen Bodega am Rande von Los Lombarto, danach können wir noch zu Nina in die Librería Blanca gehen, sie hat morgen Abend ihre Tagebuchlesung. Hättet ihr Lust?«

»Aber si, claro – gerne«, antwortete Moon.

»Seid ihr eigentlich allergisch gegen Katzen?«

Moon winkte souverän ab. »In unserer WG sind auch zwei Katzen, Marx und Engels, also – kein Problem. Warum fragst du?«

»Ich habe zwölf, also falls ihr allergisch gegen Katzenhaare seid?«

»Wüsste nicht. Gus meines Wissens auch nicht, aber sag mal, warum hat man denn zwölf Katzen? Züchtest du?«

Luva lachte. »Da sagst du was. Wären sie nicht sterilisiert, hätte ich schon hundert. Aber nein, ich verehre

Katzen, es sind magische Wesen, voller Stolz und Geheimnisse, ihre Gegenwart trägt mich.«

Moon hatte zu dem Thema »Frauen und Katzen« einen interessanten Artikel von einem Psychologen gelesen, der die Hintergründe dieser Verehrung analysiert hatte. Ihm war noch in Erinnerung, dass die Faktoren Sehnsucht nach Liebe und Zärtlichkeit darin eine dominante Rolle spielten. Wiederum liebten Frauen auch Pferde, eigentlich eine völlig andere Pflegestufe und Gewichtsklasse, zumal sie nur außerhalb der Wohnung zu halten sind. In diesem Verhältnis spielten wohl Treue und Stärke eine bedeutende Rolle. Das heißt doch, dass Frauen Liebe, Zärtlichkeit, Treue und Stärke bei Männern suchen – und sie nicht finden. Die wiederum können dafür Wohnungen renovieren und Autoreifen wechseln. Bei solchen nützlichen Tätigkeiten ist man einer vergötterten Katze oder eines angebeteten Pferdes bislang noch nie ansichtig geworden.

»Du weißt, was ich meine?« Luva riss Moon aus seinen Gedanken.

»Klar, verstehe. Marx und Engels prügeln sich ständig, oftmals stromern sie durch die Nacht und kommen am nächsten Morgen völlig zerzaust und ramponiert wieder nach Hause. Marx kackt auch gern mal ins Bett, sollte wohl aufhören alles zu essen, was bei uns auf dem Boden liegt. Aber ich liebe diese beiden Punks sehr – aber magisch? Hm … magisch empfinde ich sie ehrlich gesagt allerdings eher weniger.«

»Was sagt ihr denn zu meinem Porträt vorhin?«, fragte Gary, der sich wieder etwas beruhigt hatte, während er mit dem Weißbrot auch gleich eine seiner Haarsträhnen mit in die Knoblauchsoße tunkte.

»Du, Gary, öööh …«, Gus räusperte sich, »… jeder hat doch irgendeinen Komplex. Der eine findet, er hat zu große Ohren, der andere schiefe Zähne oder zu dicke Backen, oder zu schmale Lippen, oder eine zu kurze Stirn … oder eben eine große Nase.«

»Hatte die doch eben, oder nicht? Ich hab's auch nur so wiedergegeben, mehr nicht«, knurrte Gary.

Gus war indessen etwas abgelenkt, er hatte in Garys Bart eine Knoblauchzehe entdeckt, die irgendwie lächerlich wirkte. Eigentlich hatte Nina einen passenderen Typen verdient, dachte er. Ihn zum Beispiel. Aber Gary zerhackte munter seine Trommeln und verschandelte Touristen mit seinen Zeichnungen, der Trottel merkte auch noch nicht mal, wenn ihm Speisereste im Bart hingen. Nina hatte wirklich einen Besseren verdient.

Nach dem Essen und ein paar Gläsern Wein zog die Clique wieder zurück zum Strand und man verabredete sich für den nächsten Tag bei Luva, um anschließend mit ihr zu Ninas Lesung zu gehen. Almo empfahl den beiden noch, mal zum neuen Nacktbadestrand zu fahren, der wäre sehr schön gelegen. Die Idee gefiel ihnen. Sie machten sich bergauf durch die Pampa auf den Rückweg, Zorro lief freudig voraus und schien sich schon auf die nächste Schulung zu freuen. Oben auf der Straße waren sie ziemlich platt und setzten sich kurz unter einen Eukalyptusbaum. Gus rieb mit zwei Fingern ein Blatt und schnupperte daran. »Riecht wie ein Erkältungsbad«, fand er.

Julio erwartete sie freudig. Vor der Tür des Hotels hatte er einen SEAT, eher eine verbeulte Keksdose, bereitgestellt und machte eine kurze Einführung, in der sie erfuhren, was alles nicht mehr funktionierte. Es war eine ganze Menge. Das Beifahrerfenster ließ sich nur halb herunterkurbeln, die Scheibenwischer flatterten über die Scheibe, die Umluft-Tastatur diente nur noch als Dekoration und der dritte Gang ließ sich nur mit roher Gewalt einlegen. Ach, und die Flecken auf den Sitzen stammten von Schädlingsbekämpfungsmitteln, da der vorherige Besitzer eine kleine Bananenplantage bewirtschaftete. Es ginge von ihnen aber nicht mehr die geringste Schadstoffbelastung aus, versicherte ihnen Julio. Das Auto sei abgesehen davon topfit und würde auf abschüssigen Strecken sogar LKWs überholen. Mit erhabener Geste reichte er ihnen den Autoschlüssel und wünschte strahlend: »Gute Fahrt auf allen Wegen. Gott sei mit euch.«

Sie aßen noch etwas Schinken mit Käse am Tresen, verabschiedeten sich von Zorro, der eigentlich auf eine Einladung zur Übernachtung gewartet hatte und daraufhin enttäuscht in die Nacht entschwand, und gingen schlafen.

Moon wachte zuerst auf, er ging ins Bad und warf eine Klopapierrolle nach einer riesigen Kakerlake, die raschelnd in eine Mauerritze huschte. Sie packten ein paar Sachen für den Tag zusammen und gingen frühstücken. Begleitet von Julios Tagessegnungen verließen sie das Hotel und wurden von einem spürbar ausgeschlafenen und gut gelaunten Zorro ausgelassen begrüßt. Moon streichelte ihm seine spitzen Öhrchen und bat um Verständnis, dass sie ihn heute bei diesem Tagesprogramm leider nicht mitnehmen konnten. Nacktbadestrand und Lesung – nichts für kleine Hunde. Zorro begleitete sie wehmütig noch bis zum Auto und sah ihnen zu, wie sie starten wollten – aber der Motor sprang nicht an. Als Gus den Zündschlüssel umdrehte, machte es nur »Klick«. Das war zu wenig.

»Vielleicht hat die Kiste gar keinen Motor?«, fragte Moon.

»Meinst du?«

Julio, der ihnen aus dem Hoteleingang zum Abschied noch hinterherwinken wollte, eilte, als er merkte, dass irgendetwas nicht stimmte, besorgt heran und steckte fragend seinen Kopf ins Wageninnere. »Was ist los, Freunde? Problemo? Springt er nicht an?«

Moon zuckte nur mit den Schultern. »Problemo«, wiederholte er, was seiner Ansicht nach die akute Situation umfassend beschrieb. Ihm gefiel dieses Wort immer mehr, es konnte ganz allein die brenzligsten Momente beschreiben, wiederum mit einem »no« davor geradezu voller Trost und Zuversicht sein. »No problemo«. Es gibt für alles eine Lösung, für alles. Zwei Worte reichen für diesen Trost aus, völlig.

»No Problemo, no! Momentito, momentito.« Julio beschied ihnen, einen winzigen Moment zu warten, er wäre gleich wieder zurück. Dieses »momentito« war direkt mit »no problemo« verwandt. Ein Problem und seine Lösung: noch einen winzig kleinen Moment, haben wir gleich! »Momentito« war ein noch größerer Hoffnungsträger als »momento«, der radikalere Botschafter der Zuversicht. Einen Momentito später erschien Julio mit einem Hammer und zeigte auf die Motorhaube. »Abrir, abrir, open, open«, befahl er. Gus suchte den Hebel zum Öffnen der Motorhaube, fand aber nur einen mit Klebeband umwickelten Hebel – überlegte kurz, ob das vielleicht der Schleudersitz war – und zog dann mutig mit geschlossenen Augen dran. Tatsächlich machte es vorne laut »Klack« und die Motorhaubenverriegelung löste sich krachend. Wie zu erwarten, hatte der Feststellungsmechanismus seine besten Tage auch schon weit hinter sich, also hielt Julio die Haube mit einer Hand hoch und hämmerte mit der anderen auf den Magnetschalter. Dann brüllte er: »Starten, starten! Motor starten!« Gus drehte den Schlüssel herum und zu ihrem großen Erstaunen sprang der Motor tatsächlich an. Julio hob den Daumen hoch, rief grinsend »No Problemo!«, ließ die Haube wieder in die Verriegelung krachen – so dass Zorro vor Schreck zur Seite sprang – und überreichte ihnen zum Abschied den Hammer. »Euer Amigo für alle Fälle. Einfach Bum-bum! No problemo. Gute Fahrt! Vamos, vamos!«

»Muchas gracias, Julio, muchas gracias«, bedankte sich Moon.

Der Motor ratterte, Julio drosch als Signal der Freude mit der Hand aufs Dach und Zorro kläffte unentwegt. Insgesamt war alles ziemlich laut. Gus reihte sich nun auch in das Konzert ein und brüllte mehrmals »Gracias!« aus dem Fenster, da waren sie jedoch schon hinter einer Kurve außer Sichtweite und seine Danksagungen prallten auf eine alte, gebeugte Frau mit einem Reisigbündel auf dem Kopf, die am Straßenrand stand und beim besten Willen nicht kapierte, was sie Gutes getan hatte, dass dieser fremde Mann im Auto sich bei ihr so überschwänglich bedankte.

Moon machte den Versuch sich anzuschnallen, aber auch der Sicherheitsgurt gehörte zur Gruppe der Verweigerer und war gegen Flüche und Drohungen immun. Moon gab auf und zog einen Zettel aus der Tasche, auf dem ihm Nina den Weg zum Nacktbadestrand aufgezeichnet hatte. »So, dann schaun wa mal«, sagte er.

»Du, lass uns noch ein bisschen rumgurken, kleine Sightseeing-Tour, oder?«

»Klar, gerne.«

»Gesund klingt der Motor aber auch nicht«, meinte Gus.

»Was hat er'n drauf?«

»Wart mal … ähm … auf'm Tacho stehen 2.856 Kilometer.«

»Plus 100.000.«

»Oder 200.000«

Moon lachte. »Hauptsache, die Karre hält die paar Tage durch.«

Sie kurvten über die Insel, hielten hier und da an besonders schönen Stellen an, fuhren einmal versehentlich in eine Sackgasse und standen plötzlich vor einer Herde blökender Ziegen. Dann tranken sie in einer kleinen Bar einen Kaffee, erfreuten sich an den gestikulierenden Einheimischen, überholten sogar mal einen schwer beladenen Bananenlaster, der mühselig eine Steigung hochkeuchte, und gewannen einen ersten Eindruck von der Schönheit der Insel. In einem kleinen Dorf kauften sie sich etwas Obst, süßes Gebäck und Wasser und setzten sich damit auf einem malerischen Platz auf einen Felsen, genossen das gewaltige Panorama und verspeisten ihren kompletten Einkauf.

»Jetzt ab zum FKK«, sagte Gus.

Der Nacktbadestrand lag in einer traumhaften Bucht, die hinten von steilen Klippen umringt war. Sie parkten ihre Keksdose oben an der Klippe und konnten von dort, wenn sie sich nach vorne beugten, einen Teil des Strandes unter sich sehen. Sie erreichten ihn allein über einen kleinen Pfad, der sich durch die Felsen schlängelte und am Ende durch ein Feld großer Felsbrocken zum Strand hin öffnete. Unten angekommen suchten sie sich einen Platz, breiteten ihr Handtücher aus und setzten sich erst mal hin, um die Gegebenheiten ausführlich in Augenschein zu nehmen. Sehr übersichtlich verteilt lagen etliche nackte Sonnenanbeter um sie herum und sonnten sich.

»Fast ausschließlich Frauen«, stellte Moon fest.

»Ja, sehr schön. Hab leider keinen Skizzenblock dabei.«

Moon schaute sich um. »Eine kleine Bar würde dieser Bucht ganz guttun, hier is' ja echt nix.«

»Ich hab Wasser mit.«

»Hm … Wasser? Wasser haben wir reichlich, wir können sogar drin schwimmen.« Moon knurrte, ergab sich aber den Verhältnissen. Dann entkleideten sie sich und streckten sich auf ihren Handtüchern aus. In der Mitte der Bucht lag ein mächtiger Felsen malerisch nahe am Strand, er war durch kniehohes Wasser gut zu erreichen. Man hatte den Eindruck, er war dort von einem Riesen dekorativ extra abgelegt worden. Mit ein wenig Geschick konnte man leicht hochklettern, sich oben auf ihn legen und sich somit vor allen Strandbesuchern präsentieren. Alle, die aufs Meer schauten, kamen an diesem Felsen nicht vorbei. Exakt diesen exponierten Platz hatte ein Typ für sich als Bühne in Beschlag genommen.

Gus stieß Moon an. »Kuck ma, der Heini da.«

Moon hob seinen Oberkörper. »Wo? Ach, ich sehe. Hey … lässig, wie aufgeklappt er daliegt. Sollen wir denn nun alle sein Gehänge bewundern? Is' ja widerlich.«

»Scheinbar ist es hart da oben, kucke – er wechselt ständig seine Position.«

»Als Aktmodell ist er nicht zu gebrauchen. Viel zu unruhig.«

Steine sind ja berüchtigt für ihre Unnachgiebigkeit, folglich tat dem Typen bei seiner Inszenierung nach kurzer Zeit immer irgendetwas weh. Auch die anderen Sonnenanbeter waren bereits auf ihn aufmerksam geworden und tuschelten. Gus schaute ihm ganz konzentriert zu. »Vielleicht spielt er ›Rate mal, was soll das sein?‹ Gerade sieht er aus wie dieses berühmte Denkmal, hilf mir, der… Der Denker«, von … von …?«

»Rodin.«

»Rodin, genau. Das hält er garantiert nicht lange durch. Da, siehste – da! – er rutscht schon wieder woanders hin.«

»Jetzt, diese aufrechte Sitzhaltung sagt mir jetzt aber gar nichts. Dir?«

Gus nahm sich für eine Interpretation etwas Zeit. »Das Denkmal von Abraham Lincoln?«

»Oder Kaiser Karl bei der Krönung?«

Gus kicherte. »Da, jetzt wechselt er schon wieder. Hi-hi, so schlaff zur Seite gekippt … hm …, erinnert mich an den Tod des Marat, wie er aus der Badewanne hängt, ich meine, auf dem Ölbild von Jacques-Louis David. Kennste?«

»Erinnere mich, ja. Kunstgeschichte kommt ja auf der Akademie immer nach'm Mittagessen. Punktgenau, wenn der Lohenfeld in dem dunklen Projektionsraum seine Dias mit den Malereien zeigt, beginnt bei mir der Verdauungsprozess. Blut unten, Kopf leer. Ich falle dann immer in einen süßen, tiefen Schlaf. Also von Kunstgeschichte bekomme ich nichts mit.«

»Kenn' ich. Erinnere mich noch, wie der Ferdinand so schnarchte, dass Lohenfeld das Licht angemacht hat. Da lag fast das komplette Semester mit den Köpfen auf den Tischen und knackte.«

»Grandioser Anblick.« Moon lachte.

Die darstellerische Phantasie des Akteurs erschöpfte sich langsam, somit verloren Gus und Moon auch das Interesse an seiner Vorführung und wandten sich der Begutachtung der anderen Anwesenden zu: Leptosome, Pykniker und Athleten, das ganze Programm. Lange Oberkörper, kurze Beine, kurze Oberkörper, lange Beine, dicke Oberkörper, dünne Beine, schmale Oberkörper, dicke Beine. O-Beine, X-Beine, I-Beine, breite Oberschenkel, schmale Oberschenkel, fette Hüften, schmale Hüften, dicke Hintern, flache Hintern, kleine Hintern. Ein kurioses Durcheinander von Knochen, Fettgewebe, Muskeln und enorm viel Wasser. Ein Eldorado für Maler und Zeichner.

»Enorme Vielfalt an Körpern. Wahre Kunstwerke«, bemerkte Gus.

Der hatte in dem Augenblick etwas Neues entdeckt. »Du, kuck mal. Hockt da hinter dem großen Felsen nicht ein Spanner?«

Gus drehte sich in die Richtung um. »Tatsächlich«, sagte er geschockt. »Der Typ versteckt sich nicht mal richtig. Du – und da!«, er zeigte weiter daneben. »Da ist noch einer. Irgendwie krank, oder? Haben die noch nie ’ne nackte Frau gesehen?«

»Nackt ist hier wohl gleichbedeutend mit Sünde. Weißt schon, Adam und Eva, das verdorbene Pärchen.«

Gus musste lachen. »Hör mal, bis zu meinem Studium hab ich offiziell auch keine nackten Frauen gesehen. Nackte Menschen überhaupt höchstens im Schwimmbad, natürlich keine Frauen. Nur erwachsene Männer, die sich unter der Dusche wie mit Löschschaum komplett einschäumten, als hätten sie Feuer gefangen, und sich ihre schlackernden, klatschenden Schwänze wuschen. Also, ein ästhetischer Anblick war das nicht. Frauen kannte ich nackt nur aus Pornoheften, wenn ich denn mal eins zu Gesicht bekam. Unser Tabakwarenhändler verkaufte die unter’m Tresen. Im Schwimmbad haben wir natürlich immer versucht, einen Blick in die Umkleidekabinen der Mädchen zu erhaschen, war aber nicht so gut, wenn man dabei erwischt wurde. Gab richtig Ärger und Schwimmbadverbot.«

»Dabei war das doch nur Neugier, Junge. Endlich mal real das Magische zu sehen, das uns von den Mädchen unterscheidet. Wie sah es genau aus? Was war da so besonders dran? Und wenn man es gesehen hatte, nichts wie weg, bevor man erwischt wurde. Den Typen hier scheint aber alles egal zu sein, haben nicht das geringste schlechte Gewissen, in ihren Augen ist es scheinbar völlig normal, angesichts einer nackten Frau ihren Dödel rauszuholen. Ist das nicht eigentlich ’ne strafbare Handlung? Ich kenne ja die Gesetze hier nicht. Vielleicht gibt es hier aber ein Gesetz, in dem es heißt: Voyeurismus angesichts entblößter, ausländischer Inselbesucherinnen ist Bestandteil der insularen Folklore?«

»Das Stören wixender Insulaner ist bei Strafe verboten?«

Moon lachte, dann zeigte er hoch zum Klippenrand über ihnen. »Du kuck mal, da oben! Da stehen sie sogar mit Feldstechern, na kuck dir das doch mal an. Ich fasse es nicht.«

»Wahnsinn! Na, hier is’ ja was los. Dafür scheinen mir die Frauen hier aber noch entspannt, oder?«

Moon nickte. »In der Menge fühlen sie sich wohl weniger gefährdet. Alleine sollten sie hier aber nicht liegen, denke ich. Könnte gefährlich werden.«

»Unheimlich, diese Kerle. Mann, ich hab noch nie eine Frau hinter einem Felsen hocken und sich angesichts nackter Männer an der Muschi rumspielen sehen. Du?«

»Jetzt, wo du mich drauf ansprichst, nie – hey, da, schau mal.« Moon stieß Gus an. »Da, oha – die hat wohl die Schnauze voll?«

Eine kräftige Rothaarige, welche die ganze Zeit neben ihrer Freundin auf einer Decke gelegen hatte, war aufgestanden, hatte sich ihre Strandtasche gegriffen und ging zielgerecht in Richtung der großen Steine, hinter denen die Typen standen. Selbst der heiße, schwarze Sand hielt sie nicht auf.

»Jetzt wird's lustig«, sagte Gus.

Die Rothaarige, offensichtlich eine Deutsche, steuerte auf den dicken Typen hinter dem rechten Stein zu und rief: »Hey, du da!«

Dessen Gesichtsausdruck wechselte angesichts der nackten, unverkennbar auf ihn zusteuernden Frau vom debilen Grinsen in Verstörung. Mitten in seiner aufsteigenden Erregung ging plötzlich dieses Weib unverhohlen zum Angriff über. Damit hatte er überhaupt nicht gerechnet. Er hielt inne, verringerte mehr und mehr die

Schlagzahl seines Reibungsvorganges, bis er ihn gänzlich einstellte und wie erstarrt stehenblieb.

Die Rothaarige hatte sich jetzt vor ihm aufgebaut und schnauzte ihn an: »Was tust du da? Hör mal, was tust du denn da?«

Der Dicke verstand nix, erkannte aber an der Mimik der Rothaarigen und am Klang ihrer Worte, dass sie schlecht gelaunt war. »No comprendo«, stammelte er.

»Hör mal, Nocomprendo, hast du nicht alle Tassen im Schrank? Wo sind wir denn hier? Stehst völlig enthemmt in aller Öffentlichkeit und holst dir einen runter? Wir sind doch hier nicht deine Wixvorlagen! Sach mal, geht's noch?«

Der Kerl versuchte etwas zu sagen, heraus kam wieder nur ein schlaffes: »No comprendo.«

»Hast du keine Frau zu Hause, du fette Samenschleuder?« Die Rothaarige war richtig in Fahrt.

Der Dicke kam langsam zu sich und man sah ihm an, wie er darüber nachdachte, wie er aus dieser Nummer, wenn möglich mit einem letzten Krümel Stolz, heil wieder rauskommen konnte. Er entschied sich für

Gegenwehr, was ein großer Fehler war. »Puta madre!« greinte er und stopfte währenddessen unbeholfen sein schockverschlafftes Glied zurück in seine Hose.

»Puta Madre? Puta madre nennst du mich, du Schwanzlurch? Ich weiß genau, was das heißt!« Im nächsten Moment klatschte sie ihm ihre Strandtasche um die Ohren. Das hatte insofern schwerwiegende Folgen, weil offensichtlich Bücher drin lagen, welche die Rothaarige im Urlaub lesen wollte. Der Dicke wankte und ging zu Boden. Daraufhin standen alle Frauen von ihren Decken auf und applaudierten. Der Unselige rappelte sich wieder hoch, schüttelte sich und zog sich schwankend zurück. Gegen ein ganzes Rudel aufgeputschter Frauen sah er für sich keine Chance, denn mit männlicher Unterstützung konnte er nicht rechnen, der andere Spanner hatte sich nämlich bereits aus natürlichem Fluchtreflex in Sicherheit gebracht. Eine fürsorgliche Stimme hatte ihm geraten, leg dich nicht mit strandtaschenbewaffneten Amazonen an.

Die Rothaarige ging zurück zu ihrer Decke und legte sich wieder hin.

»Chapeau«, sagte Moon.

Gus kicherte. »Starke Aktion«, sagte er, »herrlich.«

»Genau die richtige Antwort auf diese Primaten.«

»Mit der Rothaarigen möchte ich aber auch keinen Ärger haben«, meinte Gus, ließ sich zurückfallen und streckte alle Viere von sich. Sie dösten nun schweigend vor sich hin und ließen ihre Gedanken im Rhythmus der an das Ufer rollenden Wellen wohlig dahinplätschern. Nach einer Weile sagte Gus leise: »Die Post von diesem Malente hat Brandy etwas verstört, fandest du nicht auch?«

»Komisch, hatte ich auch eben drüber nachgedacht, war auch mein Eindruck. Hat viel mit dieser Emilia zu tun, der Fall geht ihm wohl immer noch nahe.«

»Du, so ein Dozentenjob ist aber nicht übel. Lehren, wie man Brüste schreibt, und nebenbei mit jungen Studentinnen rummachen. Nicht schlecht, nicht schlecht.«

Moon lachte. »Ein Schlawiner, unser Brandy.«

»Und übler Frauenheld. Aber immer mit Stil, bitte. Übrigens, wusstest du, dass Schmalkreuz eine seiner Studentinnen geheiratet hat.«

Moon war platt. »Hä? Unser Schmalkreuz, der Professor für Malerei? Wusste ich ja gar nicht.«

»Na, siehste mal.«

»Die Akademie ist also in Wirklichkeit eine Partnervermittlung? Schau einer an.«

»Jetzt schauen wir uns erst mal diesen Magno an, dann sehen wir weiter. Vielleicht ist er sympathischer, als wir denken, und es gibt interessante Erkenntnisse, die Brandy weiterhelfen.«

Moon drehte sich zur Seite. »Komm, lass uns von schönen Sachen träumen. Ich schlaff gerade herrlich ab. Gute Nacht«, sagte er und döste gleich darauf weg. Gus war bereits in Morpheus Armen.

»Hey?« Moon schreckte aus dem Schlaf hoch und tippte Gus auf die Schulter. »Hör mal, die Sonne steht schon tief, ich glaube wir müssen uns bald auf den Weg machen, wir wollten doch vorher noch zu Luva.«

»Puh! Ich war völlig weg.« Gus rieb sich die Augen, richtete sich auf.

»Ziemlich leer geworden. Die Amazonen sind auch schon gegangen. Wir haben ganz schön lange geknackt.«

»Bin auch'n bisschen verbrannt, glaub ich.«

Moon schaute ihn an. »Dein Zinken ist ganz schön rot, Kasperle. Trulla, trulla, trullala …«

»Sehr witzig. Komm, lass uns abhauen.« Gus sprang auf. »Für einen Besuch bei Luva ist es zu spät. Haben wir leider verschlafen.«

»Macht nix, eine Hellseherin weiß längst Bescheid.«

Sie zogen sich an und machten sich auf den Rückweg. Oben angekommen, setzten sie sich in ihre kochend heiße Keksdose, die sich nicht ganz unerwartet weigerte anzuspringen. Moon regelte das souverän mit einem gezielten Hammerschlag, als hätte er nie ein Auto anders angelassen, stieg ein und rief: »Vamos! Da vorne gleich rechts und dann eigentlich nur noch geradeaus, die Straße führt direkt nach La Calima!« Es tröstete ihn, dass der Sicherheitsgurt von Gus auch nicht funktionierte, so also würden sie beide bei einem Frontalunfall das Auto in geschlossener Paarformation durch die Frontscheibe verlassen. Witzige Vorstellung, dachte er.

Hinter der nächsten Kurve war La Calima ausgeschildert. Die Straße führte aufwärts, wie fast alle Straßen auf dieser Insel, und nach gut zwanzig Minuten erreichten sie den Ort. »Hübsch hier«, fand Moon spontan. Sie parkten das Auto in einer kleinen Seitenstraße und schlenderten zum Zentrum. Die Hauptstraße war mit kleinen Steinen gepflastert und von Lorbeerbäumen gesäumt, an ihrem Ende befand sich ein Platz mit einem Springbrunnen und einem Restaurant und Café. Mittendrin die kleine Buchhandlung »Librería Blanca«, mit einer leicht verwitterten, grün-weiß-gestreiften Markise über dem Laden. Sie setzten sich direkt davor auf den Brunnenrand und genossen die charmante Atmosphäre. Die Tür der Buchhandlung war weit geöffnet, einige Zuhörer hatten sich schon eingefunden, von drinnen hörte man ihr Gemurmel. Im Eingang standen zwei Ständer mit Büchern und Postkarten und eine große Korktafel an der Wand mit unzähligen Zetteln und mannigfaltigen Angeboten in Sachen Lebenshilfe, sei es körperlicher oder geistiger Natur.

»Hey, ihr beiden! Wie toll, dass ihr da seid, ich hab zwei Plätze für euch reserviert. Kommt, der kleine Laden ist schnell voll.« Nina hatte sie entdeckt und umarmte sie. »Dort, direkt neben Luva, das sind eure. Ich stelle euch nachher noch ein paar Leute vor.«

»Dann nix wie rein«, sagte Moon.

»Komm gleich, geh schon mal«, sagte Gus.

Moon begab sich zu seinem Platz. Luva fragte ihn, warum sie nicht vorbeigekommen waren, und er erzählte ihr wahrheitsgemäß, dass sie am Strand die Zeit verschlafen hatten. Sie konnte das gut nachvollziehen, rhythmischer Wellenschlag versetzt einen in Trance, bestätigte sie.

Gus studierte indessen die Pinnwand mit den vielen kleinen Zetteln. Die meisten waren mit der Hand geschrieben, andere mit der Schreibmaschine, manche auch gedruckt, alle fast ausschließlich in Deutsch verfasst, eng an eng mit bunten Nadeln in den Kork gepinnt. Und sie lasen sich spannend:

Tänze des Universellen Friedens im Wechsel mit Sitzen in der Stille und meditativem Gehen in kraftgebender Vulkanerde. Jamila Shu-Ra

Nährende Gespräche zum Kraft schöpfen für die dunkle Zeit mit Renate

Die wilde und die weise Frau. Übungen für Erdverbundenheit und Feiern der Fülle weiblicher Kreativität und Inspiration mit Amela

Jenseitskontakte, Rückführung in vergangene Leben und Zwischenleben, Reisen entlang der Zeitlinie mit Daniela

Die Sprache der Delphine. Meditatives Tauchen mit Caspar&Team

Wunder des Augenblicks. Erhaschen und Kosen. One-Moment-Coaching mit Baba-Alena

Unten rechts fiel Gus eine Karte ins Auge, die sich optisch von den anderen unterschied. Sie wirkte sehr geschmackvoll und edel. Er beugte sich herunter, um sie besser lesen zu können: **Kalligraphie. Die edle Kunst des Schriftschreibens. Wöchentliche Kurse. Studio Magno Malente. Interessenten bitte in der Buchhandlung melden.**

Einen Moment später saß er neben Moon, zupfte ihn am Ärmel und zischte ihm »Bingo« ins Ohr.

»Was meinst du?«

»Er hat an die Korktafel eine Annonce gepinnt. Studio Magno Malente. Was sagste?«

»Poh! Das ist ja super. Macht auf dicke Hose. Wir sollten …«, er unterbrach, weil Nina nach vorne getreten war und um Aufmerksamkeit bat: »Buenas noches, liebe Zuhörer, Freundinnen und Freunde, wie schön, dass ihr gekommen seid. Ich hoffe, ihr hattet alle eine reiche, intensive Zeit und seid den mannigfaltigen Angeboten eures Lebens lustvoll verfallen?«

Zustimmendes Gemurmel im Publikum und eine leicht verklärte Stimme seufzte: »O ja.«

»Gratuliere, Carlotta, wie schön«, jauchzte Nina. »Aber ganz besonders freue ich mich über zwei neue Gäste aus Deutschland«, sie zeigte auf die beiden, »die zum ersten Mal auf unserer schönen Insel sind und den Weg zu uns gefunden haben: Gus und Moon, ganz herzlich willkommen.«

Alle klatschten. Die Zwei hatten mit so einer persönlichen Begrüßung überhaupt nicht gerechnet, sie nickten peinlich berührt ins Publikum und waren froh, dass Nina in ihrer Begrüßungsrede mit einem Dank an die beiden Buchhändlerinnen und an alle Bekannten und Unbekannten, die ihre letzte Woche bereichert und inspiriert hatten, weiter fortfuhr und außerordentlich erfreut zwei Musiker ankündigte, die ihre Lesung mit einem Musikstück einleiten würden: »Gary und Almo, mit einer Interpretation eines Gedichtes von Pablo Lacosta mit Gitarre und Conga. Der Titel lautet: ›Solo el amor te marca el camino‹«

Gus flüsterte: »Die schon wieder.«

Am Freitag, so wusste Nina zu berichten, hatte sie im Café Solo einen kleinen Käfer beobachtet, der einen Kuchenkrümel vom Tisch wuchtete. Dabei empfand sie tiefe Freude über dessen Geschäftigkeit, zugleich auch einen riesigen Respekt vor dem Überlebenskampf der kleinen Kreatur. Schlussendlich warnte sie noch mal alle Anwesenden vor dem Nacktbadestrand und alle wüssten ja, dass Ingo aus Düsseldorf dort auf dem großen Felsen in der Bucht immer seine penetrante Exhibitionisten-Show abliefern würde, von den perversen Spannern rundum mal ganz abgesehen. »Eier ab!«, rief eine Uta empört aus der hinteren Reihe und erhielt dafür Applaus, Gus und Moon fuhr indessen kurz ein stechender Schmerz durch den Unterleib. Uta, so erzählte ihnen Nina später, hatte bereits die dritte Scheidung hinter sich und war »mit Männern durch«. Ihr erster Mann hatte sie mit ihrer besten Freundin betrogen, ihr zweiter mit ihrer schlimmsten Feindin und ihr dritter mit dem Kindermädchen. Nach der Lesung spielten Almo und Gary als versöhnlichen Abschluss noch ein kolumbianisches Liebeslied, das von der Liebe des Sohnes eines Großgrundbesitzers zu einer bettelarmen, aber bildschönen Korbflechterin erzählte, danach beendete Nina die Veranstaltung mit »Kommt gut nach Hause, meine lieben Freundinnen, wir sehen uns, wenn ihr wollt, nächste Woche wieder. Mögen eure Sterne euch begleiten und schützen.« Während die

Gesellschaft sich langsam auflöste, trat Nina an Gus und Moon heran. »Wollen wir noch was zusammen trinken? Gleich hier, ein paar Schritte weiter ist das ›Pimienta‹. Du kommst doch auch mit, Luva, oder?«

»Si claro, aber nicht so lange, muss noch meine Katzen füttern.«

»Dann vamos«, sagte Nina.

»Momentito«, sagte Gus und zog Nina zu der Korktafel am Eingang. »Schau mal, hier unten, die Karte. Siehst du?«

Nina las: »Magno Malente …?«

»Wir hatten dich doch nach ihm gefragt, erinnerst du dich? Das ist der Mann, den wir gerne besuchen wollten.«

»Hey, ja! Ich erinnere mich. Die edle Kunst des Schriftschreibens … hey, stark Nö, du, keine Ahnung, lese ich auch zum ersten Mal. Studio Magno Malente – hört sich interessant an, oder? Man soll sich in der Buchhandlung melden? Hm … warte, ich frage mal.« Nina ging zurück und sprach eine Frau mit fadendünnen, langen Haaren und einer großen Brille an. Sie redeten kurz miteinander und kamen dann auf Gus zu.

»Das ist Conny, das ist Gus«, machte sie Nina miteinander bekannt, »Conny hat guten Kontakt zu Magno.«

Conny nahm ihre Brille, leckte mit ihrer Zunge die Gläser an, rieb sie mit ihrem Blusenzipfel sauber, setzte sie wieder auf und taxierte Gus wie ein Uhu die Maus. »Also, ihr habt Interesse an diesem Kalligraphie-Kurs?«

»Ja sehr. Warum gibt der Meister eigentlich nicht seine Adresse an, so wie alle anderen auch an dieser Pinnwand?«

»Nun, Magno ist sehr wählerisch, musst du wissen, und hat mich gebeten eine Vorauswahl zu treffen, also…«, sie räusperte sich, »ich bin sozusagen, wenn ihr so wollt, seine Managerin. Ihm ist es wichtig, dass seine Schüler ein bestimmtes Maß von Ernsthaftigkeit mitbringen, nur mal im Urlaub aus Langeweile ein bisschen Schrift krakeln, das ist ihm zu wenig.«

»Verstehe«, sagte Gus.

»Unter'm Tresen liegt ein Zettelkästchen mit Telefonnummern, da müsste auch Magnos dabei sein, ich bin gleich wieder da.«

»Na, wenn das kein Abend mit positiver Energie ist?« Nina strahlte.

»Echt gut, dass wir nicht lange suchen mussten. Bin gespannt darauf, diesen Mann mal kennenzulernen. Scheint ja eine echte Koryphäe zu sein.«

Nina strahlte noch mehr. »Auf der Insel verstecken sich überall Perlen, man muss sie nur suchen.«

Conny kam zurück und reichte Gus einen kleinen Zettel. »Hier bitte, seine private Telefonnummer. Ruft ihn an. Magno lebt in der Nähe, unterhalb von Santa Lucía, mitten in einer Bananenplantage in einer Schlucht.«

»Oh? Das passt ja, wir haben unser Quartier in Santa Lucía.«

»Ach ja? Muy bien. Man sieht Magno aber selten in der Öffentlichkeit. Einmal in der Woche fährt er mit seinem Pickup zum Markt, um sich mit dem Nötigsten einzudecken. Eine gute Freundin von mir hatte mal einen Kurs bei ihm belegt, so habe ich ihn damals kennengelernt. Er ist ein ziemlich schräger Typ. Das Haus, in dem er lebt, gehörte einer verwitweten, pensionierten Verwaltungsrichterin, einer Frau Roost-Langmark, einer sehr kunstaffinen Person, die sich im Ruhestand nach La Hermosa zurückgezogen hatte und dann, wie es hieß, plötzlich zu ihrer Tochter nach Los Angeles gezogen war. Die Kalligraphie-Kurse gibt Magno allerdings nicht in seinem Domizil, sondern in der Casa Cultura in Rotta Parco, kurz vor'm Ortsausgang. Seine Finca habe ich noch nie betreten, und ich kenne auch niemanden, der das jemals getan hätte. Seine Privatsphäre ist ihm heilig. Als Palastwächter hat er zudem drei extrascharfe Hunde.«

»Da danken wir dir schon mal, Conny.«

»De nada, gern geschehen.«

»Du kommst noch mit ins ›Pimiento‹?«, fragte Nina Conny.

»Gerne. Ich komme gleich nach, muss noch kurz für morgen was regeln.«

»Na dann«, sagte Nina und hakte sich fröhlich bei Gus unter. »Wie hat dir meine Lesung gefallen?«

»Phantastisch, du. Hast echt alles rausgelassen.«

Nina lachte. »Okay, also ich fühle mich danach immer sehr befreit.«

»Und das ist doch das Wichtigste.«

Es wurde noch ein munterer Abend mit viel offenem Wein und intensiven Gesprächen. Als Gus zur Toilette ging, folgte ihm Moon und sagte am Pissoir: »Hör mal, du baggerst die Nina ganz schön an, Mann.«

»Ach? Und was tut sich da zwischen Luva und dir?«

»Sie ist meinem Kometen völlig verfallen.«

»Narben müsste man haben.«

Moon lachte. »Kannst gleich eine haben.«

Sardinas frescas! Caballas frescas! Pescaditos frescas! Tengoooool« Moon fuhr aus dem Schlaf hoch. Er hatte etwas Kopfweh und hörte aus dem Bad die Klospülung. »Du bist schon aufgestanden? Mach mal, ich muss dringend pinkeln!«, rief er.

»Oh? Guten Morgen, der Herr!«, tönte es zurück.

»Hast ja gestern im Pimiento wie wild getanzt, Amigo.«

»Olé!« Gus trat mit nassen Haaren und einem Handtuch um die Hüfte aus dem Bad, sah Moon an, stutzte – und grinste. »Was sehe ich denn da für ein Gesicht? Als frisch könntest du das da unten auf der Straße nicht verkaufen.«

»Selber.« Moon drängelte sich an ihm vorbei ins Bad und knallte die Tür zu.

Nach dem Frühstück, einem großen Glas Orangensaft und einem ansteckend gut gelaunten Julio, flossen bei den beiden die Lebenssäfte wieder und sie machten den Plan für ihren Tag. Zuerst mussten sie Brandy anrufen, danach Magno Malente. Das Hotel hatte einen Zähler am Telefon, somit brauchten sie nicht extra zur nächsten Post fahren, um zu telefonieren. Das war praktisch. Wie abgesprochen rief Gus den Professor zu Hause an und teilte ihm den Stand der Dinge mit. Brandy war begeistert und hatte noch etliche Fragen, leider aber waren Ferngespräche sehr teuer, so mussten sie sich kurzfassen. Das war dann letztlich doch ganz im Sinne des Professors, der ja schließlich die Spesen übernahm. Er bat Gus noch mal darum, einfühlsam vorzugehen. Der versprach ihm, ihn bald wieder anzurufen, und legte auf. Dann wählte er Magnos Nummer und lauschte gespannt dem Freizeichen: »Tüüüüüüt – Tüüüüüüt – Tüüüüüüt – Tüüüüüt – Tüüüüüt – Tüüüüüüt. – Tüüüüüüt – Tüüüüüüt …«, Gerade wollte er wieder auflegen, da klickte es und eine raue Stimme sagte: »Bi game.«

»Magno Malente? Spreche ich da mit Magno Malente?«

Stille. Dann: »Wer will das wissen?«

»Ich bin Gus Vossberg, komme aus Deutschland und verbringe gerade mit einem Freund Urlaub auf dieser schönen Insel, und wie es der Zufall wollte, haben wir am Flughafen Leute kennengelernt, die uns La Calima und die Buchhandlung Liberia Blanca empfahlen. Nun, gestern Abend waren wir dort zu einer Lesung und entdeckten an der Pinnwand der Buchhandlung Ihre kleine Annonce. Deswegen rufe ich an. Ich hoffe, ich störe nicht?«

»Nein, schon okay. Ihr seid also an einem Kurs in Kalligraphie interessiert?«

»Ich sage immer, wer nicht schreiben kann, hat auch nicht verdient zu denken.« Das war großes Kino. Moon nickte ihm begeistert zu. »Mein Freund und ich«, fuhr Gus fort, »würden die Gelegenheit gerne nutzen, um dir mal über die Schulter zu schauen, immer vorausgesetzt, du hättest Zeit für uns?«

»Nun ja, ich schaue mir meine Gäste immer gerne vorher mal an.«

»Aber klar, verstehe ich. Wann und wo, was meinst du? Wo können wir uns mal treffen, um drüber zu quatschen?«

»Also heute würde es zufällig ganz gut passen, ich muss zum Markt. Auf dem Weg dahin auf der Straße in Richtung Süden, kurz hinter Santa Lucía, ist ein kleiner

Parkplatz mit einer verfallenen Bodega, gut zu erkennen, dort – más o menos 14 Uhr?«

»Prima, wir freuen uns. Also, bis nachher.«

»Hasta luego.«

Gus legte auf und grinste Moon an. »Na, was sagste?«

»Fein gemacht. Gib Pfötchen.«

Sie gingen zurück in ihr Zimmer und entspannten sich, denn der letzte Abend steckte ihnen noch ganz schön in den Knochen. Moon spielte mit dem Hängetisch und Gus löste Kreuzworträtsel, machte das »Rentnerabitur«, wie er es nannte. So was tat er nur im Urlaub, da las er sogar Magazine, die er zu Hause nicht mal anfassen würde. Irgendwann knurrte Moon, er würde sich eigentlich gerne auf seine Schwingtischversuche konzentrieren und nicht andauernd nach Flüssen, Hauptstädten, Opern oder altrömische Münzen gefragt werden. Zwischendurch klopfte María an die Tür und signalisierte ihnen, ob sie die Betten machen soll. Gus gestikulierte Ablehnung und bedankte sich höflich: »No, muchas gracias!« María schien zufrieden, dass ihr diese Arbeit erspart blieb, und saugte dafür den Flur. Die Zeit verging wie im Fluge. Um ein Uhr wachte Gus mit seinem vollgekrakelten Kreuzworträtsel auf dem Bauch und einem Kugelschreiber in der rechten Hand auf. »Ups? Ich war wohl eingenickt? Das muss die Umstellung sein, ich schlafe mittags sonst nie.«

Moon lümmelte auf dem Sessel, gähnte, streckte sich und klatschte in die Hände. »So, dann mal vamos!«

Vor dem Hoteleingang wartete schwanzwedelnd Zorro. Moon kraulte ihm die Ohren und versprach, dass sie wiederkämen und er sich dann intensiv um ihn kümmern würde, aber leider hätten sie jetzt einen Termin mit einem Typen, der böse Hunde hatte. Zorro legte einsichtig sein Köpfchen schief. Kleiner Hund, großer Verstand. Erleichtert stiegen sie in ihren SEAT, der zu ihrem Entsetzen völlig normal ansprang. Launisch war er also auch. Gewiss hätten sie die Strecke zu Fuß gehen können, aber Gus fand es klüger, mobiler zu sein, keiner wusste ja, was sich noch ergäbe. Nach wenigen Kilometern sahen sie in der Ferne den Parkplatz mit der alten Bodega, stellten das Auto davor ab und gingen auf die andere Straßenseite. Von dort hatten sie einen grandiosen Blick in eine Schlucht mit einem Meer von wogenden Bananenblättern, die in den Atlantik zu fließen schienen. Aggressive Atlantikwinde machten den Pflanzen schwer zu schaffen, drum hatten die Plantagenbesitzer sie mit grauen, unverputzten

Betonsteinen meterhoch eingemauert. Wo man hinsah, überall waren diese Bananen-Gulags. Mittendrin bemerkten sie eine kleine Straße, die von unten hoch nach Santa Lucía führte, auf der sich ein schwarzer, schwerer Pickup näherte. Es war pünktlich 14:17 Uhr und vermutlich Magno Malente.

»Der Meister naht«, sagte Gus.

Das typische Nageln eines großvolumigen Dieselmotors wurde lauter und lauter, dann schob sich der massige Kühler auf die Hauptstraße, nahm Kurs auf sie und hielt mit einer Staubwolke neben ihnen auf dem Schotter. Ein hohlwangiger Typ mit langen Haaren, die er hinten zu einem Zopf zusammengebunden hatte, und einem Bart, der tatsächlich an Salvatore Dali erinnerte, stieg aus und trat auf sie zu. »Hola, amigos«, sagte er. Gus fragte sich, was ihm an diesem Typen spontan missfiel. Waren es die Aknenarben in seinem Gesicht, war es die verbeulte, schwarze Lederhose, die aussah, als würde er in ihr sogar schlafen, war es die dicke, silberne Halskette oder sein alberner Lederhut? Sie mussten auf der Hut sein, das spürte er.

»Hey, klasse dass es geklappt hat«, sagte Moon.

»No problemo.«

»Wo sind denn deine Hunde? Conny erzählte uns, du hättest Hunde?«

Magno grinste schief, lehnte sich an seine Ladefläche und zündete sich eine Zigarette an. »Ach, die drei? Die bewachen mein Haus.«

»Brave Tierchen«, meinte Moon.

»Nun ja, wie man's nimmt. Mit einem Rottweiler würde ich mich nicht anlegen.«

»Uh-uh.« Gus verzog das Gesicht. »Deine Bodyguards?«

»Salvatore, Pablo und Galileo, ich würde sagen, eher meine besten Freunde.« Magno schnippte lässig seine Asche ab.

Was hat dieser Magno für ein Verständnis von Freundschaft, fragte sich Gus. Wie konnte man ein Trio galliger Höllenhunde als seine »besten Freunde« bezeichnen? Liegen sie abends gemeinsam ums offene Feuer und lecken sich kollektiv die Eier? Kein schönes Bild.

»Sag mal – ist Magno Malente eigentlich dein echter Name?«, fragte Moon.

»Mein Künstlername. Eigentlich heiße ich Grunsch, Hans-Jürgen Grunsch.«

»Ach so. Darf man fragen, was dich auf die Insel verschlagen hat?«

»Die Frage höre ich oft.« Magno grinste müde. »Deutschland ging mir einfach auf den Sack. Zu voll, zu kalt, zu bürokratisch, zu stressig – und zu viel Atomkraftwerke. Comprendo?«

»Okay. Und hier ist nun alles besser?«

Dieser Hans-Jürgen Grunsch, dem Deutschland auf den Sack ging, hatte also die Konsequenz gezogen und sich auf La Hermosa in Magno Malente verwandelt. Seine Selbstgefälligkeit stieß Gus unangenehm auf, aber er behielt das für sich, schließlich wollten sie es sich ja nicht mit ihm verderben, sonst wäre ihre Reise umsonst gewesen. Der Heinz-Jürgen-Magno nahm einen tiefen Zug aus seiner Zigarette und antwortete: »Besser, besser? Was soll ich sagen, die Insel inspiriert mich, schenkt mir den inneren Gleichklang, den ich für mich und meine Arbeit brauche. Außerdem bin ich auch nicht so der gesellige Typ, komme gut mit mir alleine klar, deswegen halte ich mir privat auch die Menschen vom Leibe. Die vulkanischen Kräfte und ich, das geht ans Eingemachte.«

»Ach ja? Die Vulkane spürst du?«

»Das ist Ursuppe, brodelnde Energie, aber sicher spürt man die, claro.«

»Und wenn ein Vulkan mal ausbricht?«

»Na, ja«, Magno schüttelte den Kopf, »du, da fliegt eher bei euch ein AKW in die Luft als bei uns ein Vulkan. Grundsätzlich ist mir ein Vulkanausbruch als ein natürliches, begrenztes Ereignis allemal lieber als eine Atomkatastrophe, diesem menschengemachten Wahnsinn mit Folgen bis in alle Ewigkeit. Exakt genau vor dem Supergau sind viele Leute aus Deutschland doch hierher geflüchtet.«

»Interessant«, sagte Gus. »Übrigens, wie läuft es denn so mit deiner Arbeit? Kommst du klar? Kannst davon leben?«

»Davon leben, davon leben ... kommt auf deine Ansprüche an. Ich komm gut klar. Bin aktuell dabei, mit internationalen Galerien Kontakt aufzunehmen. Es hat sich schon Jack Chandler, ein bekannter New Yorker Galerist, bei mir gemeldet, will unbedingt was mit mir machen, und in London soll ich ein typografisches Relief an einem Museumsneubau gestalten. Auch ein

Pariser Kunstsammler interessiert sich sehr für meine Arbeit.«

»Na, das sind ja ein paar heiße Eisen im Feuer«, meinte Moon.

»Und einer der größten deutschen Kalligraphen an der renommierten Berliner Kunstakademie will sich für mich einsetzen.«

Moon hüstelte. »Wow! Hört sich doch gut an.«

Magno nahm ihre Anerkennung so selbstverständlich entgegen wie ein Mensch, für den solche Worte nur als Hintergrundmusik im Fahrstuhl nach ganz oben dienen. »Und ihr? Was macht ihr so?«, fragte er.

»Wir? Also Moon ist beim SFB, Sender Freies Berlin, und ich bin Schriftsetzer«, antwortete Gus.

»Kuck an, beim SFB? Wollt ihr nicht mal eine Dokumentation über einen deutschen Kalligraphen auf einer wilden Vulkaninsel senden? Leben und Schaffen des großen Magno Malente? Gute Idee?« Wenn Magno grinste, sah er aus wie ein kolumbianischer Drogendealer.

Moon lachte. »Ich reg das mal in der Kulturredaktion an, klar.«

»Ich nehme dich beim Wort«, sagte Magno. »Und Schriftsetzer bist du? Das ist ja interessant, da sind wir ja quasi im verwandten Metier unterwegs. Ich schreibe Schrift, du setzt sie.«

»Kann man so sagen, und zwar in Blei, wie der gute alte Gutenberg. Deswegen hätte ich schon große Lust – also wir – dir mal bei deiner Arbeit zuzuschauen.«

»Hm … klar, okay. Lasst mich mal überlegen …«, Magno warf seine Zigarettenkippe auf den Boden und zerquetschte sie mit der Fußspitze, »… also morgen unterrichte ich drei Frauen, der Kurs läuft noch zwei Wochen und geht jeweils über zwei Stunden. Vorschlag: kommt doch dazu? Schaut einfach mal rein, schönes Ambiente.«

»Ja, stark.« Gus drehte sich zu Moon herum, »Haben wir morgen was vor?«

»Nicht, dass ich wüsste.«

»Na, dann machen wir das doch. Wo sollen wir hinkommen und wann?«, fragte Gus.

»Ab zwanzig Uhr in der Casa Cultura in Rotta Parco, nicht zu verfehlen, ist ausgeschildert.«

»Wir sind da.«

»Bueno.« Magno tippte lässig an seine Hutkrempe und schob sich in seinen Pickup. »Zwanzig Uhr, más o menos«, rief er, ließ seinen linken Arm lässig aus dem Fenster baumeln und fuhr in einer Staubfahne davon.

Moon schaute ihm hinterher. »Kotzbrocken«, murmelte er.

»Lief doch für'n Anfang nicht schlecht«, fand Gus.

»Vergräbt sich in seinem Haus, komisch, oder? Entweder sieht's da aus wie Kraut und Rüben oder er hat 'ne Hanfplantage.«

»Wir sollten ihn mal in seinem Allerheiligsten besuchen.«

Moon klatschte abrupt in die Hände. »Weißte was? Wir fahren jetzt einfach die Straße runter, auf der er eben hochgekommen ist, direkt in die Plantagen und schauen uns um. Zwischen den Bananen wird uns ein einsames Haus schon auffallen. Ehe er vom Markt zurückkommt, das wird schon eine Weile dauern.«

»Junge, du weißt? Das ist ganz schön riskant. Wenn er nun früher heimkehrt, was dann? Wie erklären wir das? Wir wollten wegen des Kurses noch mal nachfragen? Bisschen unglaubwürdig, oder?«

»Na hör mal, Amigo. Wir können uns doch mal ein bisschen die Gegend anschauen, oder was? Wenn es brenzlig wird, verkrümeln wir uns, okay?«

»Okay, okay, wenn du meinst … meinetwegen, dann lass uns das machen.«

Sie fuhren durch Bananenplantagen tiefer in das Tal und schauten sich dabei rechts und links nach menschlichen Behausungen um. Nirgendwo ein Haus, nirgendwo ein Mensch, nur Bananenstauden und streunende Hunde. Doch dann – plötzlich – rief Moon: »Stopp! Setz doch mal zurück.«

Gus bremste und rollte langsam nach hinten.

»Dahinten, siehst du?« Moon zeigte in eine schmale Gasse zwischen den Bananen. »Noch'n kleines Stück, jetzt! Siehst du? Die Ecke von dem roten Dach, ganz am Ende?«

»Ich seh's. Das sieht nach einem Haus aus, tatsächlich. Steht doch in diesem Bananenwald ein Haus.« Er schüttelte ungläubig den Kopf. »So was von versteckt, Wahnsinn.«

»Park doch hier drüben, hinter dem Wassertank, da sieht man uns nicht. Wir gehen mal runter, komm.«

Gus lenkte den SEAT geschickt in den Schatten des großen Tanks. »Sollten wir noch ein paar Bananenblätter drüberlegen?«, fragte er grinsend und stieg aus.

Auf einem schmalen, steinigen Weg gingen sie in die Richtung, in der sie das Haus gesehen hatten. Rechts und links neben ihnen ragten die riesigen Betonsteinwände hoch, hinter denen die großen Pflanzen sich vor den Winden schützten. Dahinter raschelte und knisterte es und Gus wollte nicht wissen, was da so alles krauchte und krabbelte, angeblich sollte es ja riesige Spinnen geben. »Pass auf, wo du hintrittst, es knackt und bricht ständig was unter den Füßen«, sagte er.

Sie bewegten sich dicht an der Mauer vorsichtig voran. »Wir haben den Wind von vorne, das ist günstig.« Moon blieb abrupt stehen und hielt Gus am Arm fest. »Da, ich sehe ein Stück Zaun.«

»Tatsächlich«, raunte Gus.

Dicht an die raue Betonwand gepresst schoben sie sich langsam bis zum Ende der Mauer weiter. Moon beugte sich um die Ecke, dann zog er sich rasch zurück und flüsterte: »Puh. Da ist echt ein Haus mit einem hohen Maschendrahtzaun.«

»Villa Malente«, flüsterte Gus, der auch einen Blick gewagt hatte.

Moon schob sich noch etwas weiter vor und zuckte dann jählings zurück. »Ach, du Scheiße«, raunte er.

»Was ist?«

»Da liegen Salavatore, Pablo und Galileo. Zwei direkt am Zaun, einer weiter hinten unter großen Oleanderbüschen.« Er stutzte. »Du, ich glaube«, er steckte den Kopf vorsichtig weiter vor, »hinter dem Oleander steht noch ein kleines Häuschen. Ja, tatsächlich. Vielleicht bewahrt der Meister da alle seine Pokale und Auszeichnungen auf oder weiß ich, was auch immer?«

Gus äugte vorsichtig um die Mauer. »Au, Mann, die Höllenhunde, leck mich doch. Liegen da und pennen.«

»Zum Glück.«

»Sei mal still«, zischte Moon und packte Gus am Arm. »Psssscht … ich glaub, ich hab da eben was gehört?«

»Hä? Was denn?«

»Hörte sich wie eine Stimme an, aber echt, kann auch von dem kleinen Windrad kommen, ich glaub, ich hab schon Halluzinationen.«

»Junge, komm, lass uns auf sanften Sohlen verschwinden, mir wird das zu heiß.«

»Besser is. Im Augenblick haben wir genug gesehen.«

Moon machte behutsam rückwärts einen Schritt nach hinten – und trat auf einen großen, ausgetrockneten Bananenwedel, der sofort krachend zerbrach. Im selben Moment ertönte ein höllisches Inferno von Hundegebell.

»Die Schoßhündchen sind aufgewacht, nichts wie weg!« Gus zerrte Moon am Ärmel.

Sie hasteten den Weg zurück. Fünfzig Meter vor der rettenden Straße riss Moon Gus zur Seite. »Scheiße!«, zischte er, »Magno kommt zurück.«

Von oben vernahm man den schweren Diesel eines Pickups. Eine Sekunde, bevor der Wagen in den Weg einbog, riss Moon Gus in einen Mauerdurchbruch und drückte ihn dahinter zu Boden. »Unten bleiben«, raunte er.

Sie starrten durch die Löcher der Betonsteine und hielten die Luft an. Einen Moment später rollte der schwarze Pickup ganz langsam, hautnah an ihnen vorbei. »Uff! Das war knapp«, flüsterte Gus, »hoffentlich hat er unseren Wagen nicht gesehen.«

»Hat er nicht. Aus der Richtung von oben konnte er ihn nicht bemerken.«

Plötzlich wurde das Auto langsamer und blieb stehen. Sie hörten auf zu atmen. Gus konnte durch einen Spalt sehen, dass Magno ausstieg. Er raunte: »Ich glaub's nicht, was soll das denn? Hat er uns gesehen? Was sollen wir denn sagen? Wir haben uns verfahren? Sammeln leidenschaftlich tote Palmenblätter? Sind auf Fotosafari? Wie peinlich.«

»Psssscht.«

Sie duckten sich jetzt so tief wie sie nur konnten. Magno kam den Weg zurück, näher und näher, dann blieb er plötzlich stehen, schien etwas aufzuheben, fluchte »Puta madre!«, ging wieder zurück zu seinem Auto und fuhr weiter.

Gus stöhnte: »Puh, das war knapp.«

Moon holte tief Luft. »Ihm muss etwas von der Ladefläche gefallen sein.«

»Hoffentlich keine Eier.«

Gus feixte leise. Sie hasteten die letzte Strecke zurück zu ihrem SEAT und machten sich davon. Aus der Ferne hörten sie immer noch die Hunde bellen.

Am nächsten Tag war der Himmel mit Wolken bedeckt, eine ideale Voraussetzung für eine kleine Tour in den Norden, da sie bis zum Abend ja noch reichlich Zeit hatten. Zu seiner großen Freude durfte Zorro mitfahren, war aber das Autofahren überhaupt nicht gewöhnt und fing nach einer halben Stunde und endlosen Kurven an zu würgen. »Ich glaub, Zorro ist übel«, sagte Moon, hob ihn vom Rücksitz zu sich nach vorne auf den Schoß und redete ihm gut zu: »Immer schön nach vorne auf die Straße schauen, das hilft. Ich sagte nach vorne …«, er bog ihm den Kopf in Fahrtrichtung, »… und nicht aus dem Seitenfenster – nein, nicht aus dem Seitenfenster glotzen, hörst du? Mach keine Sachen, die du nicht verträgst.«

»Verbieg ihm doch den Kopf nicht so«, empörte sich Gus. »Er kotzt dir gleich auf deine schöne weiße Hose.«

»Quatsch! Geht schon besser, oder?« Zorro fiepste.

»Ich halt mal an.« Gus stoppte an einer Wiese, Zorro sprang erleichtert aus dem Auto und schnüffelte glücklich herum. Als er sich merklich erholt hatte, fuhren sie weiter. Umso nördlicher sie kamen, desto mehr brach die Wolkendecke auf und der blaue Himmel setzte sich durch. In einem kleinen Städtchen sahen sie auf der Plaza eine durchgeschwitzte deutsche Wandergruppe, die in einem Café ihren Durst stillte. Gus kam mit ihnen ins Gespräch und erfuhr von einem Wanderweg, der kurz hinter dem Café begann und hoch zu einem idyllisch gelegenen Lokal führen sollte. Das war genau das, worauf sie Lust hatten. Zorro war begeistert. Nach einer knappen Stunde stießen sie auf ein bunt bemaltes Haus mit Garten, die »Casa Colora«, die sich als eine von einem deutsch-italienischen Pärchen betriebene Taverne entpuppte. In dieser Nachmittagsstunde waren sie die einzigen Gäste, genossen den Ausblick und die uneingeschränkte Gastlichkeit der Wirtsleute, speisten köstlichen Fisch, tranken herrlich kühlen Wein und ließen für ihren hündischen Kumpanen so manch leckeren Bissen vom Tisch fallen.

»Das sind doch die magischen Plätze, wo man bis in alle Ewigkeit sitzen bleiben könnte«, seufzte Gus. »Das Tor zum Paradies.«

»Du sollst hier nicht ins Jenseits fahren, sondern jetzt aufstehen, mein Lieber.« Er zog seine Tissot aus der

Westentasche, klappte sie auf und tippte – tock-tock-tock – auf das Ziffernblatt: »Weißt du, wie spät es ist? Nach meinem Gefühl sollten wir mal langsam los, wir müssen noch den Weg runter und die Fahrt zurück.« Er rief die Wirtin und orderte freundlich die Rechnung: »Lackwenta, bitte.«

»Das heißt ›la cuenta‹ und nicht ›lackwenta‹. Mit Lack hat das nichts zu tun«, korrigierte ihn Gus.

»Du nun wieder.«

Auf dem Rückweg legte sich Zorro noch mit einem streitlustigen Ziegenbock an, der zum Glück an einer Leine angepflockt war und ihn mit gesenkten Hörnern und stampfenden Vorderbeinen attackierte. Zorro umkreiste und reizte ihn mit geschickten Scheinangriffen, bis aus einer Hütte ein unrasierter, mürrischer Kerl trat und etwas Spanisches schnauzte. Sie machten sich besser davon. Kaum im Auto, sprang Zorro auf die Rückbank, fiel auf den Rücken, streckte steif alle Viere hoch und schloss die Augen. Der Ausflug hatte ihn völlig erschöpft.

Die Casa Cultura in Rotta Parco, eine alte, leicht marode Villa im insularen Baustil mit hohen, schmalen Fenstern, fiel ihnen sofort ins Auge. Als sie das Gebäude betraten, wurden sie von Conny begrüßt, die im Vorraum an einem kleinen Tisch mit verschiedenen Büchern saß und in einem Katalog blätterte. »Ach schön, da seid ihr ja!«, rief sie erfreut. »Der Kurs ist gleich die zweite Tür rechts, ich schaue nachher mal rein, muss hier noch warten und Karten für eine Veranstaltung nächste Woche verkaufen.«

»Lass dich nicht aufhalten, Conny«, sagte Moon.

Mit einem »Buenas noches« betraten sie den Raum, in dem drei Frauen an Tischen saßen und Schrift schrieben. Leises Gemurmel antwortete ihnen, so wie es Menschen von sich geben, die sich stark auf etwas konzentrierten. Magno stand vornübergebeugt neben einer Frau mit wilder, grauer Mähne, die gerade mit einer Breitfeder eine Textzeile schrieb. Als Signal, dass er sie bemerkt hatte, tippte er nur kurz an seine Hutkrempe und sagte ohne aufzuschauen: »Kuckt euch doch ruhig bisschen um, bin gleich für euch da.« Niemals im Leben würde er mit einem Hut auf dem Kopf arbeiten, dachte Gus, außer es gäbe einen Grund, zum Beispiel eine tropfende Decke oder extreme Sonnenbestrahlung, aber ansonsten – niemals. An den Wänden hingen gerahmte Schriftbögen, teils lange Texte, teils auch nur einzelne Worte oder ein einziger, großer Buchstabe. Schon auf den ersten Blick erfassten sie die hohe Qualität dieser Arbeiten. Moon flüsterte: »Gut, sehr gut, enorm gut. Schau dir die Schwünge und Rundungen an, ein Traum.«

Genüsslich betrachteten sie die Arbeiten und stellten sich anschließend diskret hinter Magno, der sich auf den Platz der Grauhaarigen gesetzt hatte und ihr Korrekturen gab. »Sei nicht so zaghaft, Ines, lass die Buchstaben mit allen Sinnen aus deiner Hand fließen, schenk ihnen Leben. Lass dich mit deinem ganzen Selbst auf sie ein und sie werden vor dir wachsen und aufbrechen wie eine Blüte.«

Ines stöhnte leise, als stünde sie kurz vor einem Orgasmus. Meister Magno schenkte sodann dem Papier und Moon und Gus die Gnade eines Schöpfungsaktes: Er schrieb vor ihren Augen ein Wort. Ihrer Meinung nach hätte das selbst Ferdinand besser gemacht. Keine Spur von der Genialität des Professors, nur Mittelmaß, und auch das hatte sich gewiss nur aus Fleiß entwickelt. Irgendwie hatten Gus und Moon auch nichts anderes erwartet.

»Du weißt jetzt den Weg, Ines?«, fragte Magno gütig und erhob sich.

Ines leuchtete. »Danke, Magno, danke«, hauchte sie.

»Unvergleichlich, oder?« Magno wandte sich Gus und Moon zu und wies auf die Werke an den Wänden. »Das sind Arbeiten meiner ehemaligen Studienkollegin Emilia.«

»Emilia?« Gus stellte sich doof. »Klasse.«

»Wohl wahr. Kommt, trinken wir einen Cortado, ich mach mal kurz Pause. Señoritas, ich bin gleich wieder für euch da!«

Sie begaben sich nach vorne zu Conny in den Vorraum und setzen sich an einen kleinen, runden Tisch. »Conny, mach mal drei Cortados«, sagte Magno.

Warum sagt Conny nicht, mach dir deinen Cortado doch selber, du Hackfresse, dachte Moon. Aber die deutschen Frauen auf der Insel vergötterten diesen ledernen Kolkraben. Die Seele des Weibes war halt unergründlich. Er, Moon, lockte hingegen mit seiner Halbmond-Narbe höchstens Wahrsagerinnen aus der Reserve.

Magnos Aknenarben erschienen im Oberlicht der Raumbeleuchtung außerplanetarisch, so, als würde gleich ein NASA-Roboter rüberrumpeln. Er zündete sich eine Zigarette an, lehnte sich lässig zurück und sagte: »Ich hab hier Großes vor, will aus- und umbauen und einen Tempel der Schreibkunst schaffen, ›Villa Magno, die Internationale Adresse für Ausstellungen und Veranstaltungen«. Leider hat alles seinen Preis, comprendo?«

Gus nickte beifällig. »Villa Magno? Grandios, Mann.«

Magno lächelte nur. »Ist doch klar, die Welt braucht einen solchen Ort, wo man sich an meisterlichen Schriften ergötzen kann. Paris, London, New York, Rio, Tokio, alle werden nach La Hermosa blicken.«

Irgendwas stimmte nicht mit dem Kerl, man hatte immer das Gefühl, bei ihm ständig auf der Hut sein zu müssen. Der Kolkrabe prahlte mit seinen Verbindungen, wollte das ganz große Rad drehen, vielleicht die ganze Insel in La Magna umbenennen? Sein Größenwahn sollte doch nur von seinen Komplexen ablenken, hatte nicht der Botenmeister im SFB, wie Moon damals erzählte, gesagt, dass Hitler einen winzig kleinen Penis gehabt hatte? Also bitte.

»Was meintest du mit Preis, Magno?«, hakte Gus nach.

»Pesetas, Amigo, muchas Pesetas. Es soll ja eine Villa Magno werden und keine billige Hinterhofgalerie.«

Conny stelle ihnen drei Cortados auf den Tisch. »Muy bien, Conny«, sagte Magno.

»Hier muss richtig investiert werden, aber ich zapf da gerade eine Quelle an, mal schauen, was draus wird. Bin zuversichtlich. Was Magno in die Hand nimmt, lässt er nicht wieder los, müsst ihr wissen.« Er grinste breit.

»Die kalligrafische Kunst an den Wänden im Kursraum ist wirklich beindruckend«, sagte Moon. »Kannst du uns etwas über deine Studienkollegin erzählen, diese Künstlerin, wie hieß sie noch? Amelie? Emely? Nee, Emilia, oder? Lebt sie auch hier auf der Insel? Die würde ich sehr gerne mal kennenlernen.«

»Ach, die Emilia«, seufzte Magno. »Nein, leider, das ist leider keine schöne Geschichte.«

»Wie meinst du?«, fragte Gus so unbefangen wie möglich.

»Emilia war das größte Talent im Fachbereich Kalligraphie, sehr zurückhaltend und eher scheu. Wir haben uns gut verstanden. Als ich ihr später von meinem Projekt auf La Hermosa erzählte, war sie sehr angetan und hat mir spontan ein Dutzend ihrer besten Arbeiten zur Verfügung gestellt. Irgendwann verloren wir uns aus den Augen und ich hörte dann nur Gerüchte, dass sie irgendwie ausgestiegen sei, keiner wusste was Genaues, auf jeden Fall war sie plötzlich verschwunden. Alle fragten sich: Wo ist Emilia? Sucht Emilia, hieß es. Ich vermute, ihre sensible Seele sucht irgendwo ihr Selbst und kehrt eines Tages zurück, um sich wieder mit ihren Arbeiten zu vereinen, oder erscheint sogar zur Eröffnung meines großen, neuen Kulturzentrums? Wer weiß, wer weiß? Wenn nicht, dann haben wir als Trost und metaphysische Bindung zur Künstlerin wenigstens ihre ewig strahlenden Werke.«

»Na, da drücken wir dir doch die Daumen, Mann«, sagte Gus. »Sag uns Bescheid, wir kommen zur Eröffnung, wir mögen die Insel, was meinst du, Moon?«

»Das stimmt. Unsere Zeit ist viel zu kurz, um La Hermosa richtig kennenzulernen. Wir sind da, wenn du uns rufst.«

»Okay, ich muss wieder rein.« Magno kippte den Cortado und stand auf. »Wenn wir uns nicht mehr sehen sollten, kommt gut nach Hause. Hasta luego.« Er klopfte auf den Tisch und ging zurück ins Zimmer.

Gus und Moon plauderten noch etwas mit Conny und machten sich dann auch auf, zurück in ihr Hotel. Dort angekommen, riefen sie den Professor an und vermittelten ihm kurz ihre Eindrücke, ausführlicher dann alles in Berlin. Das mit dem Kunstzentrum sei eine durchaus interessante Sache, sagte Brand. In den nächsten Tagen besuchten sie Luva und bestaunten ihren verwunschenen Garten und die vielen Katzen, ließen sich ihre überwiegend positive Zukunft aus den Händen lesen, schauten noch mal an der Playa bei Nina und Gary und der ganzen Clique vorbei, machten mit Zorro ein paar kleine Ausflüge und lernten noch einen Aussteiger kennen, der im Norden in einer Höhle lebte und früher mal Postobersekretär war. So ging die Woche langsam zu Ende. Julio schenkte ihnen zum Abschied einen Korb mit Apfelsinen und Limonen aus seinem eigenen Garten und brauchte etwas, um zu verstehen, dass sie nur Gepäck bis 20 Kilo mitführen durften. Almo brachte sie in seinem VW-Bus zum Flughafen. Gus überstand die Fahrt zwischen einem halben Dutzend Gasflaschen und Carlos, dem großen, schwarzen Hund, der ihm ständig die Zunge durch's Gesicht zog, nass, aber sonst unbeschadet. Als das Flugzeug in den Himmel stieg und auf seinen Heimatkurs einschwenkte, konnten sie noch einen letzten Blick auf die Insel werfen.

»Adios, La Hermosa«, sagte Moon.

»Hasta la vista, Nina«, seufzte Gus.

Professor Brand fuhr aus der Garage in seinem Auto knirschend den Kiesweg zum Eingangstor hoch, dann bog er in die schmale Straße ein, die direkt zur Hauptstraße führte. Der Nieselregen legte sich auf seine Frontscheibe, so dass er die Wischer einschalten musste. Durch den starken Feierabendverkehr stockte hin und wieder der Verkehrsfluss, aber er lag noch gut im Plan und hatte sich angesichts der Unwägbarkeiten auf den Straßen angewöhnt, stets zeitliche Toleranz einzubauen, damit er nicht in Stress kam. Nach zwanzig Minuten erreichte er die Ausfahrt zum Flughafen, dort angekommen fand er einen guten Parkplatz und begab sich in die große Eingangshalle. Der Flug LH 7067 aus Madrid, Ankunft 17:45 Uhr, war auf der großen Anzeigetafel ausgeschildert und bislang noch ohne Verspätung. Er setzte sich auf eine Bank und schaute sich die vorbeieilenden Leute an. Auf einem Flughafen ging es zu wie in einem Bienenstock, dachte er, das Reisefieber machte die Menschen nervös und gereizt. Brand stand auf und zog sich aus einem Automaten eine Flasche Mineralwasser. Kaum hatte er sich wieder hingesetzt, nahm eine ältere Dame neben ihm Platz. »Oh, Pardon«, rief sie, weil sie mit ihrem Koffer versehentlich an sein Bein gestoßen war.

»Kein Problem«, entgegnete Brand, »wirklich kein Problem, Madame.«

»Sie holen auch jemanden ab?«, fragte sie.

»In der Tat.«

»Ich hole meinen Sohn ab, wissen Sie, der arbeitet in London bei einer großen Bank. Er war schon lange nicht mehr in Berlin. Ein wunderbares Gefühl, einen geliebten Menschen wieder mal in die Arme zu schließen, finden Sie das nicht auch?«

»Das ist so, gnädige Frau.«

»Wenn ich mal neugierig sein darf, auf wen freuen denn Sie sich?«

»Freuen? Nun, ich kann das so nicht sagen, vielleicht wäre neugierig eher das treffendere Wort.«

»Aber das ist doch auch wunderschön«, seufzte die alte Dame, »Neugierde ist eine meiner großen Leidenschaften.« Sie kicherte verschämt.

Brand beugte sich zu ihr herüber und raunte hinter vorgehaltener Hand: »Unter uns, ich hab den Mann noch nie gesehen.«

»Nein!« Die alte Dame schlug sich beide Hände vor den Mund. »Mon dieu! Das ist ja vielleicht spannend. Ein Mann also? Sie Schlingel.« Sie drohte ihm neckisch mit dem Finger.

Er lachte. »Wenn Sie es ganz genau wissen wollen. Der Mann ist aus der Kunstszene.«

»Ein Bonvivant? Das ist ja hinreißend. Erzählen Sie, erzählen Sie, ich will alles wissen, hören Sie – alles.«

»Sie sind tatsächlich ziemlich neugierig.«

»Ich hab's Ihnen ja gesagt«, gluckste sie. »Sind Sie denn etwa auch Künstler?«

»Kalligraph! Ich unterrichte an der Kunstakademie Schrift.«

»Nein! Hab ich's mir doch gleich gedacht, Margarete, dachte ich, dieser feine Mann, dieser ganze Habitus … alles, das ist doch garantiert ein musischer Mensch …«

»Flug 7067 aus Madrid, planmäßige Ankunft 17:45 Uhr, ist eben pünktlich gelandet!«, schepperte es aus den Hallenlautsprechern.

»Oh, das ist ja vorzüglich«, sagte Brand und stand auf, »dann will ich mich mal zum Gate begeben. Es war mir eine Freude, Ihre Bekanntschaft gemacht zu haben.«

»Ganz meinerseits, verehrter Herr … Herr …«

»Brand, Professor Brand.«

»Eine Honorität? Wusst ich's doch, wusst ich's doch. Und nun trennen sich leider unsere Wege, wie zwei Blätter, die sich im Wind des Lebens kurz berühren durften, um wieder in der Thermik des Seins zu entschwinden. Ein Jammer. Ich bin übrigens Olga Zistrow, ehemalige Tanzpädagogin.«

»Meine Hochachtung, Frau Zistrow, ich empfehle mich.« Der Professor hatte sich erhoben und war froh, der Neugierde dieser rüstigen Lady entkommen zu können, sie hätte sich garantiert alsbald nach seinen Urahnen erkundigt. Er küsste ihr die Hand und begab sich zum Gate, aus dem alle Angekommenen heraustreten mussten. Auf der Anzeigetafel blinkte hinter der Nummer der Maschine aus Spanien »Arrival«. Die äußerlichen Merkmale des Ankömmlings hatten ihm ja schon Gus und Moon beschrieben, von daher dürfte es ziemlich leicht für ihn sein, den Mann zu identifizieren. Die beiden hatten von dieser Begegnung nicht die geringste Ahnung und das war auch gut so. Er hatte Malente an sein Postfach geschrieben und ihm für weiteren Kontakt seine private Telefonnummer angegeben. In einem kurzen Telefonat hatten sie dann diesen Termin vereinbart. Auch Malente war zwingend an strikter Geheimhaltung dieses Treffens gelegen.

»Ich hole Sie vom Flughafen ab«, hatte Brand gesagt und noch hinzugefügt, »dann können wir alles unter vier Augen regeln.« Es dauerte nicht lange, da öffnete sich die große Schiebetür und die Fluggäste strömten hinaus. Es buntes Gemisch von Menschen marschierte in die Arme ihrer Lieben, andere zielstrebig zum Hallenausgang. Und dann erschien er, lang, dürr mit Zopf, Bart, Hut und in schwarzen Lederhosen und trat mit einer kleinen Tasche und einer Zeichenmappe in den Händen aus der Schiebetür: Magno Malente. Suchend drehte er sich um und wollte gerade weiter in die Mitte der Halle gehen, da trat Brand aus dem Schatten einer dekorativen Litfaßsäule mit Cola-Werbung auf ihn zu: »Señor Malente? Magno Malente?«

»Si! Was für eine Ehre, der Professor Brand, Sie haben sich ja kaum verändert.«

Malente gab ihm die Hand.

»Sie Schmeichler. Herzlich willkommen in Berlin. Haben Sie noch Gepäck?«

»Nein, das ist alles. Wir können gehen.«

»Bitte folgen Sie mir, mein Auto steht gleich gegenüber. Hatten Sie denn einen guten Flug?«

»Muy bien, alles bueno.«

Während sie zum Wagen gingen zerbrach sich Brand den Kopf, wann genau er einst diesen Menschen unterrichtet hatte. An ihn erinnern konnte er sich noch gut, zu unverkennbar waren die Merkmale dieses Typen, diese Schlotterfigur, die Aknenarben, allerdings hatte er den Eindruck, dass dieser Kerl – dieser Grunsch – im Laufe der Zeit sein exzentrisches Äußeres weiter kultiviert hatte. Nicht zu seinem Vorteil, wie er fand. »Wenn es Ihnen recht ist, fahren wir zu mir. Ich hab für uns ein kleines Abendbrot angerichtet«, sagte er und startete den Wagen.

»Sehr freundlich, eine Kleinigkeit essen wäre wunderbar.«

»Phantastisch. Wann müssen Sie denn weiter?«

»Morgen um neun Uhr geht mein Flug nach London.«

»Oh? Geschäftlich, vermute ich?«

»Si. Es geht um ein typographisches Relief, das ich in einem Kunstmuseum gestalten soll.«

»Alle Achtung, davon müssen Sie mir unbedingt erzählen. Wo werden Sie denn übernachten?«

»Bei einem alten Freund. Soll eine Überraschung sein, der weiß nämlich nicht, dass ich in der Stadt bin.«

»Na, da wird er sich sicher freuen.«

Sie schwiegen. Magno musterte aufmerksam die Gegend. Als sie sich Brands Wohnbezirk näherten, bemerkte er beeindruckt: »Oh, Sie wohnen im feinen Wannsee? Nun, so, wie es sich für die Elite geziemt.« Er grinste breit.

»Reiner Zufall, ein reiner Zufall, mein Bester. Die alte Villa gehörte meiner Tante, ich habe sie nach ihrem Tod geerbt. Sonst wäre so ein Objekt in dieser Lage auch für mich unerschwinglich, glauben Sie mir.«

Sie bogen in die Auffahrt zum Haus ein. »Direkt am See? Ganz was Feines. Das muss ein Vermögen wert sein.«

»Ach? Sie sind also auch Immobilienmakler?«

Magno lachte schief. »Aber nein, nein, ich sage ja nur, schöne Gegend. Ich gönne es Ihnen.«

»Na, das freut mich aber.« Brand hielt direkt vor der Garageneinfahrt an und stellte den Motor ab. »Wissen Sie was, dann sollten Sie die Örtlichkeiten in der kurzen Zeit, die Ihnen bleibt, wenigstens genießen, oder? Nach dem Essen gehen wir noch auf einen Schlag raus auf den See und dann ruf ich Ihnen ein Taxi, in Ordnung? Ich hab da ein kleines Segelboot, mein ›Kapitälchen‹, das freut sich, wenn es mal bewegt wird.«

»Oh, ein Segelboot? Heißt Kapitälchen? Wie trefflich. Wie sonst sollte das Boot eines Schriftgelehrten auch wohl heißen. Übrigens«, er hüstelte, »Sie sollen wissen, es ist mir etwas peinlich: Ich kann nicht schwimmen.«

»Sie sollen ja auch nicht schwimmen, sondern gemütlich auf dem Boot sitzen, mein Freund. Es ist guter Wind, der erfrischt Geist und Seele. Beste Bedingungen, um Dinge zu klären. Zudem ist es heute sehr ruhig, die Ferien sind vorbei, also ideal.«

Magno gefiel der Gedanke. Sie zu zweit auf dem Wasser, alles was gesagt wurde, blieb nur unter ihnen beiden – das war perfekt. »Dann machen wir das so, Herr Professor.«

Magno nahm seine Tasche und die Mappe mit ins Haus. »Legen Sie die Sachen einfach dort auf das Sofa«, sagte Brand. Im Wohnzimmer war der Tisch für zwei Personen gedeckt. Wurst, Schinken, Käse, Tomaten, Radieschen, frisches Schwarzbrot, alles da.

»Ich hoffe, Sie mögen eine deftige Brotzeit?«, fragte Brand.

»Sehr gerne, Herr Professor. Diese Kost vermisse ich, bei aller Liebe zu der leichten, insularen Küche, durchaus schon mal hin und wieder. Sehr lecker.«

»Na, dann hab ich ja alles richtig gemacht. Kommen Sie aus Bayern?«

»Nein, aus einem kleinen Dorf, tausend Einwohner, bei Bielefeld.«

»Interessant. Bier oder Wein? So setzen Sie sich doch.«

Magno nahm Platz. »Gerne Bier, wenn Sie haben.«

Brand brachte zwei kalte Flaschen Bier, setzte sich, entfaltete seine Serviette und fragte: »Wie sind Sie eigentlich damals nach Berlin gekommen, wenn ich fragen darf?«

»Ich wollte an die Akademie, musste aber auch vor der Einberufung flüchten, wenn Sie wissen, was ich meine?«, antwortete Magno und griff sich eine Scheibe Brot.

»Greifen Sie zu, der Fleischsalat ist ganz was Feines, eine Spezialität, auch die Knoblauchwurst sollten Sie probieren – ähm, wo war ich stehengeblieben? Ach ja, richtig, bei der Einberufung zum Wehrdienst. Berlin mit seinem Sonderstatus zieht ja viele junge Männer an, die vor dem Dienst an der Waffe flüchten. Das frische Blut tut der überalterten Stadt gut, wirklich gut. Aber Sie sind dann ja wieder weg, fort von Berlin, auf Ihre Insel, nicht wahr.«

»Isla bonita, sage ich nur. Das Klima, die Natur, alles pure Energiequellen, die mich in meiner Arbeit beflügeln.« Magno monologisierte nun ausufernd über die Schönheit und Besonderheiten der Insel, über seine Kontakte und Beziehungen und aß dabei unentwegt belegte Brote, als hätte er tagelang nichts gegessen.

»Na, Ihnen hat's ja geschmeckt«, bemerkte Brand abschließend und drängte dann höflich nach draußen, weil sich auf dem Wasser ein leichter Nebel aufbaute. »Kommen Sie, jetzt passt das noch wunderbar. Ein paar Schläge rüber, ein Stündchen frischen Wind, es ist wohl nicht der Atlantik, aber wild kann er durchaus auch mal sein, unser Großer Wannsee. Also, wenn er sich bemüht.« Er lachte.

»No problemo«, antwortete Magno. »Gelassenheit lehrt einen die Insel.«

Sie gingen zum Steg, Brand schaute hoch zum Verklicker seines Bootes, der ihm die Windrichtung signalisierte. »Okay, das passt«, murmelt er. Der Wind war stark genug, um die Segel zu füllen, aber nicht zu sportlich, dass man in Stress kam.

Also beste Bedingungen, um sich nebenbei gemütlich zu unterhalten. Brand stieg ins Boot und sagte: »Kommen Sie einfach erst mal rein und gehen Sie nach vorne an den Bug, ich ziehe das Großsegel hoch. Wenn Sie so nett sind und auf mein Kommando die Vorderleine lösen, ja?«

»Das schaffe ich«, antwortete Magno.

Brand zog kräftig das Großsegel hoch, das sich langsam entfaltete und in Form kam, während er mit der anderen Hand die Achterleine freimachte und rief: »Jetzt bitte die Vorderleine lösen und einfach ins Boot ziehen! Prima! Nun kommen Sie zu mir und setzen sich hier auf die Bank, den Rest mache ich.« Das Großsegel bekam jetzt den Wind von Backbord, erst schlackerte es, dann blähte es sich langsam auf, flatterte und begann mit dem Wind zu spielen – schon nahm das Boot Fahrt auf. »Unter Ihrem Sitz liegen übrigens die Rettungswesten«, sagte Brand, »also nur für den Notfall.«

»Wie beruhigend«, antwortete Magno und lächelte etwas gequält.

Als sie weit genug vom Ufer entfernt waren, zog Brand zusätzlich die Fock hoch und das Boot machte nun angenehme 3 bis 4 Knoten Fahrt. Leichter Nebel lag über dem Wasser, aber die Sicht war ausreichend. Der Professor kannte sein Revier bestens.

»Soll ich irgendwas machen?«, fragte Magno.

»Danke, sehr freundlich, aber ich regle das alles hier vom Ruder aus. Wenn ich Sie brauche, melde ich mich. Ich denke, jetzt lassen Sie uns mal zum eigentlichen Thema Ihres Besuches kommen, wenn es Ihnen recht ist«, schlug Brand vor und behielt dabei den See in allen Richtungen im Blick. Wenn auch nichts los war auf dem Wasser, aber es gab noch die Berufsschifffahrt und die nahm auf Freizeitsegler keine Rücksicht.

»Ich hatte Ihnen ja beim Essen schon von meinem Projekt auf La Hermosa erzählt, ein sehr kostspieliges Unterfangen, wie Sie sich vorstellen können.«

»In der Tat«, sagte Brand und zog die Großschot dichter an.

»Und genau dafür benötige ich Kapital. Da kamen Sie mir in den Sinn, werter Herr Professor, Sie und – ja, ich möchte sagen – unsere gemeinsame Geschichte, unsere Verbundenheit mit Emilia von Lerchenberg, Ihrer ehemaligen Studentin und meiner Kommilitonin. Ich weiß, wie sehr Sie Emilia geschätzt – darf ich sagen … ähm … geliebt haben?«

In Magnos Augen sah Brand etwas, was ihm gar nicht gefiel. Er ging jetzt etwas stärker an den Wind, so dass das Boot sich mehr neigte – in der Seglersprache nannte man das »krängen« – und Magno sich an einer Klampe festhalten musste, um nicht abzurutschen. »Ich weiß nicht, was Sie meinen, werter Freund«, antwortete er.

»Professor«, seufzte Magno, »ach, lieber Professor. Erinnern Sie sich noch an Ihren Diavortrag über die Geschichte der Antiqua? Im Projektionssaal? Nun, Sie blieben danach noch mit Emilia im Raum zurück, wähnten sich alleine. Dummerweise war ich in diesem

Moment nebenan im Fotolabor, habe einen Film entwickelt und konnte durch die Tür mit anhören, wie Sie sich beide stritten und worum es ging.« Er grinste. »Ich weiß alles, lieber Professor, alles, und denke, dass sich die Polizei brennend dafür interessieren würde, meinen Sie nicht auch? Sie hätten ein Motiv, Emilia verschwinden zu lassen. Oder? Wo ist Emilia? Da strahlt der Kommissar.«

»Ich bin schockiert. Das sind ja üble Verdächtigungen«, antwortet Brand und schaute genüsslich auf die zentrisch auseinanderdriftenden Heckwellen des Bootes, wahre Kunstwerke, dann ging er noch etwas mehr an den Wind. Magno stützte sich ungelenk mit einem Bein am Boden ab, um Halt zu bekommen. »Verdammt! Können Sie Ihren Kahn nicht mal ruhig halten?«, fluchte er.

»Beantworten Sie mir doch noch die Frage, lieber Magno: Wie sind Sie eigentlich an die Originale von Emilia gekommen, die da alle im Kursraum Ihrer Galerie hängen?«

Magno starrte ihn fassungslos an, in seinem Kopf ratterte es. Dann schoss es aus ihm heraus: »Woher, verdammt noch mal, wissen Sie denn so genau, dass Emilias Werke bei mir im Kursraum hängen?« Dann plötzlich erleuchtete sich sein Gesicht. »Aaah, jetzt verstehe ich, jetzt versteeehe ich … diese beiden Typen da, dieser Gus und dieser Moon? Die hatten Sie auf mich angesetzt? Die waren von Ihnen geschickt? Ihre Agenten? Na, Sie sind mir ja ein ganz Ausgeschlafener, schau an, schau einer an.«

»Ich musste doch wissen, mit wem ich es zu tun habe, werter Freund. Ich bitte Sie, mir das nicht zu verübeln.« Brand kreuzte mit einer kurzen Ruderbewegung eine größere Welle, was zur Folge hatte, dass sie an die Bordwand klatschte und ihr Wasser hoch ins Boot spritzte.

»Puta madre! Muss das sein?«, zischte Magno, der deutlich nass geworden war.

»Ich frage Sie trotzdem noch mal. Wie sind Sie an die Arbeiten von Emilia gelangt?« wiederholte Brand.

»Offen gesagt, mit ein wenig Nachdruck, muss ich zugeben«, antwortete Magno kühl und nahm sich seinen Hut vom Kopf, um das Spitzwasser über die Krempe abzuleiten.

»Könnten Sie bitte präziser werden?« Brands Sinne waren dabei in die vernebelte Ferne gerichtet, als würde er von dort jeden Moment den Erlöser erwarten.

»Ich hatte Emilia freundlich gebeten, mir ein Dutzend ihrer besten Arbeiten zu übereignen, andernfalls würde ich es öffentlich machen, dass sie von Ihnen schwanger ist. So einfach war das.«

»Sie haben schon eine spezielle Art, an Sachen zu kommen, die Sie haben wollen. Darf ich das so ausdrücken?«

»Jeder muss sehen, wo er bleibt, nimmt sich, was er kriegen kann. Ich meine, das ist Ihnen doch nicht fremd, lieber Herr Professor, oder?«

»Reden Sie bitte weiter«, antwortete Brand und zog die Fockschot dichter. »Was wollen Sie wirklich.«

»Nun, wie ich Ihnen ja schon geschrieben hatte, ich bitte Sie um nichts weiter als die Unterstützung meines Kulturprojektes auf La Hermosa. Als Gegenleistung verbürge ich mich Ihnen gegenüber nicht nur mit meiner absoluten Verschwiegenheit, sondern habe Ihnen sogar noch ein Original von Emilia mitgebracht, eins hatte ich Ihnen ja schon damals in meiner Post geschickt. Ich möchte nichts umsonst.«

»Sehr löblich«, sagte Brand schaute nach vorne, wie der Bug sich im Wellenrhythmus weich hob und senkte. Er liebte diese Bewegungen, sie beruhigten ihn ungemein.

»Dort drüben liegt die Halbinsel Schwanenwerder, schauen Sie«, sagte er und wies in die Ferne.

Magno drehte seinen Kopf in die Richtung. »Ach? Das ist mir im Augenblick eigentlich scheißegal, muss ich gestehen.«

»Und ich dachte, Sie seien ein großer Kulturliebhaber?« Sie näherten sich jetzt der Havel, Brand korrigierte leicht den Kurs. »Darf ich denn fragen, in welcher Höhe Sie sich eine Unterstützung vorgestellt hatten, mein Freund?«

Magno räusperte sich, dann antwortete er: »Sagen wir … eine Million.«

Brand schaute auf das Großsegel, das wunderbar im Wind stand, er liebte es, wenn es so wohlig brummte. »Eine Million?«, wiederholte er ruhig. »Sie sagten eine Million? Nun, die werden Sie für die Umsetzung ihrer Visionen brauchen, das sehe ich ein. Ist allerdings auch eine ganze Menge Holz, um das Sie da bitten. Es wird nicht einfach sein, solch eine große Summe aufzubringen.«

»Kommen Sie. Für einen Mann mit einer Villa am Großen Wannsee sind das doch Peanuts, lieber Herr

Professor, für einen mittellosen Künstler und sein ambitioniertes Kulturprojekt auf einer Insel hingegen, ja für die ganze Menschheit, ist es ein Segen. Ein Mann wie Sie gibt doch alles für die schönen Künste.«

Brand schaute zum Verklicker hoch, passte die Segelstellung der leicht veränderten Windrichtung an und antwortete: »Gut erkannt, Kompliment, aber fahren Sie doch bitte fort.«

»Ach, der Herr Professor«, höhnte Magno, »immer noch die Nase hoch, auch wenn ihm das Wasser bis zum Halse steht. Aber ich glaube, Sie haben nicht richtig verstanden? Das Spiel ist aus! Ende Gelände! Ich muss dann wohl deutlicher werden. Ich bitte Sie nicht um eine Million – ich will sie haben. Wie klingt denn das?«

Brand zog die Fockschot dichter und antwortete: »Auf jeden Fall anders.«

Magno zog sich verkrampft wieder mit seiner Hand an der Klampe nach oben, weil das Boot eine stärkere Schräglage hatte. »Wenn Sie unangenehmen Fragen aus dem Wege gehen wollen, zahlen Sie mir eine Million, haben für immer Ihre Ruhe und fördern damit einen Tempel der Kalligraphie. Andernfalls werde ich mein

Wissen und Material an die Polizei weitergeben und Sie werden einige sehr unangenehme Fragen beantworten müssen. In Ihrer Haut möchte ich nicht stecken.«

Brand versuchte, zwischen den Geräuschen des Windes und des Wassers und dem zufriedenen Brummen der Segel das Geräusch zu orten, das er von der Havel zu hören glaubte und das er scheinbar die ganze Zeit erhofft hatte. Noch war er sich nicht ganz sicher. »Ein Mäzen bin ich gerne, absolut«, sagte er. »Die Verbreitung meisterlich geschriebener Schriften ist mir eine Herzenssache, lieber Magno, das haben Sie gut erkannt.«

»Nicht wahr, lieber Herr Professor. Ich wusste es.« Magno grinste breit und sah sich am Ziel seiner Wünsche. Er wirkte, auch wenn er krumm und halb durchnässt in seinen verbeulten Lederhosen dahockte und sich immer noch krampfhaft an der Klampe festhielt, rundum zufrieden mit dem Ergebnis des Gespräches. Er hatte sich die Verhandlung weitaus schwerer vorgestellt.

Mittlerweile wusste Brand auch, was sich ihnen da aus der Ferne aus dem Nebel näherte: Ein Frachtschiffer stampfte mit seinem schweren Diesel durch die Fluten und er steuerte mit dem »Kapitälchen« zielgerecht auf die Fahrrinne zu, das zeigte ihm die Betonnung. Über Brands Gesicht huschte eine Anmutung von Triumpf.

»Haben wir einen Deal, werter Professor?«, hakte Magno noch mal nach.

»Ich denke schon«, sagte Brand, »ich muss allerdings noch einiges regeln, das können Sie sich doch sicher vorstellen, mein Freund. Eine Million liegt bei mir auch nicht im Sparschwein, aber ich werde schon einen Weg finden.«

»Da vertraue ich Ihnen völlig, lieber Herr Professor. Aber auch auf meine Zusagen können Sie bauen, ein Magno hält, was er verspricht.«

»Sehr gut.« Brand schaute nachdenklich in den Nebel. »Ich glaub, wir müssen halsen, da kommt uns exakt auf unserem Kurs ein Frachtschiffer entgegen.«

»Halsen?«, fragte Magno verwirrt.

»Eine Kursänderung, meine ich.« Brand zog das Großsegel an sich heran. »Die Halse ist, so wie die Wende, ein Manöver zum Fahrtrichtungswechsel, im Vergleich dazu jedoch nicht ganz ungefährlich, man muss aufpassen.« Er zog das Großsegel dichter und dichter an sich heran, bis es mittig zum Schiff stand, ließ dann die Großschot langsam wieder durch seine Hände laufen und drehte sich dabei aus dem Wind. »Herr Malente, ich möchte Sie bitten, kurz aufzustehen und die Sicht nach vorne zu sichern!«, rief er.

Malente fluchte, ließ die Klampe los, stand wegen der Bootsbewegungen etwas wackelig auf den Beinen und starrte in die angegebene Richtung in den Nebel. »Da vorne scheint alles klar!«, rief er.

Das waren Magnos letzte Worte. Kaum hatte er sie gesprochen, drückte ein Windstoß in das Großsegel. Der Professor schien mit diesem Element im Bunde. Der Großbaum rauschte mit voller Wucht heran, er duckte sich blitzartig, aber Magno, der sich gerade in dieser Sekunde dem seltsamen Geräusch zugewandt hatte, traf er mit voller Wucht am Kopf. Er ging sofort rücklings über Bord. Brand sah nur noch seine dürren Beine in den schwarzen Lederhosen in den Wellen verschwinden und vernahm einen gurgelnden Schrei. Blitzschnell zog er die Großschot an sich, legte energisch das Ruder um und das ausgefahrene Segel rauschte wieder zurück auf die Steuerbordseite. Dieses Manöver verlangte seine ganze Kontrolle und Konzentration, und als er das leicht schlingernde Boot wieder stabilisiert und den Überblick hatte, sah er nur noch die Wellen tanzen, aber weit und breit keinen Magno Malente mehr. Der Wind aus der neuen Richtung verlieh dem »Kapitälchen« jetzt tüchtig Fahrt und brachte es umgehend aus der gefährlichen Fahrrinne. Hinter ihm wurde das Dröhnen des Diesels eines schweren, tiefliegenden Frachtschiffes, das randvoll mit Kohle beladen war, lauter und lauter und kurz darauf schob sich eine endlos lange, schwarze Schiffsbordwand im Nebel vorbei. Brand dachte an den armen Magno, an den Sog des Schiffes und die Schiffsschraube und spürte für einen ganz kurzen Moment einen leichten Schauder. Das Böse entgeht seiner Strafe nicht, dachte er. Wie sagte es Schiller in seinem Wilhelm Tell: »Allzu straff gespannt, zerspringt der Bogen«. Brand lächelte. Nach einiger Zeit konnte er im sich lichtenden Nebel die vertrauten Konturen des Ufers und seines Hauses erkennen. Er legte am Steg an, vertäute das Boot, zog eine Persenning rüber und ging an Land. Im Haus schenkte er sich im gewohnten Ritual einen Chivas Regal ein und sichtete dann den Inhalt von Magnos Mappe. Sie enthielt tatsächlich eine kleine Arbeit von Emilia, ansonsten reichlich wirre Skizzen aus der Hand des Großmeisters für ein typografisches Relief, die am Rand mit kruden Erläuterungen vollgekrakelt waren. Schon auf den ersten Blick erkannte Brand die Dürftigkeit dieser Entwürfe. Er übergab alles, außer dem Blatt von Emilia, komplett seinem lodernden Kaminfeuer. In Magnos Tasche befand sich das Übliche, was ein Mensch auf einer Kurzreise so mitführte. Die Unterhose warf Brand zuerst ins Feuer, um der Menschheit den Anblick einer derartig modischen Entartung zu ersparen. Am Ende legte er die Tasche mit allen nicht brennbaren Objekten in seinen Kofferraum, um sie bei nächster Gelegenheit mit einem schweren Stein in der Mitte des Großen Wannsees zu versenken, dann setzte er sich in den speckigen, alten Ledersessel vor den Kamin und sah, so wie er es liebte, versunken in die Flammen. Die Dinge waren zu seiner Zufriedenheit gelaufen. Er nickte entspannt ein.

Conny, Magnos Managerin aus der Casa Cultura, dem Kulturzentrum in Rotta Parco, wurde unruhig. Magno war längst überfällig, sollte schon seit einer Woche aus London zurück sein. Seine Kursteilnehmerinnen waren auch umsonst erschienen und sehr unglücklich, dass der Meister nicht anwesend war. Über persönliche Themen oder seine Reiseplanungen hatten sie nie mit ihm geredet, folglich konnten sie Conny auch nicht weiterhelfen. Die schaltete hilfesuchend die Guardia Civil ein, die sich wiederum mit der Bitte um Unterstützung an die deutschen Behörden wandte, da Magno schließlich deutscher Staatsbürger war. Nachweislich hatte er in dem Flugzeug von Madrid nach Berlin gesessen und war dort auch gelandet. Auf der Überwachungskamera sah man ihn aus dem Ausgang quer durch die Empfangshalle in Richtung Hauptausgang gehen. Nach dem Passieren einer Litfaßsäule befand sich augenscheinlich eine männliche Person an seiner Seite, der man aber keine besondere Bedeutung zumaß. Anhand der eher distanzierten Körpersprache betrachtete man diesen Menschen als belanglose Zufallsbekanntschaft, die aus der Perspektive sowieso nicht zu identifizieren war. Magno war nach dem Verlassen des Flughafengebäudes wie vom Erdboden verschluckt. Nachforschungen über Interpol in London ergaben auch nichts. Ein Herr Grunsch stand wohl auf der Passagierliste, war aber in London nie gelandet.

Auf La Hermosa fuhr die Guardia Civil zu seinem abgelegenen Haus in der Bananenplantage, wo sie von drei tobenden Rottweilern begrüßt wurde, die ausgehungert wirkten und erst von einem herbeigerufenen Tierarzt mittels Betäubungspfeilen neutralisiert werden konnten. Man drang auf das Grundstück ein und fand in einem verborgenen, verwahrlosten Nebengebäude hinter großen Oleanderbüschen die halb verhungerte, dehydrierte ehemalige Verwaltungsrichterin und Besitzerin des Hauses, Frau Roost Langmark, die, wie die Öffentlichkeit nun mit Entsetzen erfuhr, niemals in Los Angeles war, sondern von Magno Malente seit Jahren auf ihrem eigenen Grundstück total isoliert gefangen gehalten wurde. Sie bekam täglich Mahlzeiten, auch mit Medikamenten und Lektüre habe er sie versorgt, ansonsten lebte sie völlig verborgen in diesem Nebengebäude hinter den Oleanderbüschen und einer hündischen Wachmannschaft, die jeden ihrer Schritte nach draußen mit bedrohlichem Knurren quittierte. Sie hatte keine Chance, sich der Außenwelt bemerkbar zu machen. Da die insulare Öffentlichkeit auch akzeptiert hatte, dass ein Künstler dieser Größenordnung völlige Ruhe und Abgeschiedenheit braucht, hatte Magno nie Besuch, weder privat noch von Behörden. Amtlichen Kram regelte er per Telefon oder ging ins zuständige Rathaus. Einmal, in Magnos Abwesenheit, so berichtete Frau Roost-Langmark, hätten die drei Rottweiler sich so extrem wild aufgeführt, dass sie den Eindruck hatte, jemand sei ganz dicht an das Gelände gekommen. Daraufhin habe sie gewagt, um Hilfe zu rufen, ihre Stimme sei aber in der gewaltigen Kakophonie untergegangen. Nach der Befreiung kam Frau Roost-Langmark umgehend ins Krankenhaus, wo sie sich langsam wieder erholte. Die Rottweiler wurden in ein Tierheim verbracht und schließlich wegen ihrer extremen Aggressivität eingeschläfert.

Einige Monate später entdeckten Spaziergänger in Berlin am Ufer der Pfaueninsel ein menschliches Körperteil, am nächsten Tag titelte die BZ: »Horrorhand auf Trauminsel!« Und ganz Berlin standen die Haare zu Berge.

Die Morgensonne kroch hinter den Dächern der Mietshausfront hervor und erklomm zielstrebig die gegenüberliegende Fassade der Kunstakademie. Dort, in der fünften Etage, begrüßte Professor Brand seine Studentinnen und Studenten: »Guten Morgen, meine Damen und Herren. Ich hoffe, Sie alle hatten erholsame Ferien?«

Als Antwort erhielt er zustimmendes Gemurmel.

»Sehr schön. Dann lassen Sie uns mit frischer Energie wunderschöne Texte schreiben.«

Er schritt gemächlich durch die Tischreihen und legte auf jeden Platz einen Zettel mit dem Übungstext des Tages. Er lautete: *»Die Dummen sind immer so sicher und die Gescheiten so voller Zweifel«.* Er stammte von Bertrand Russell. Dann trat er an den Tisch zu Moon und fragte ihn: »Sie erlauben?«

»Me gusta, Herr Professor.« Moon stand auf und machte seinen Stuhl frei.

»Oh, unser Spanier«, Brand zwinkerte ihm vergnügt zu, setzte sich, strich den weißen Bogen vor sich glatt, tauchte den Breitpinsel in das Glas mit der schwarzen Tusche, strich ihn behutsam am Rand ab und zog auf dem Papier eine senkrechte Linie. Dann sagte er leise: »So.« Nun tunkte er abermals den Pinsel in die Tinte, setzte oben an und zog einen bauchigen Halbkreis, der sich unten am Fuße der Senkrechten schloss. Vor ihm stand ein formvollendetes D. Inzwischen hatten die Sonnenstrahlen den Raum geflutet und ließen die Tinte des frisch geborenen Buchstabens wie schwarzen Lack schimmern. Ein erhabener Moment. Er lächelte, legte den Pinsel auf dem Rand des Tintenfasses ab und sagte: »Und, bester Kanzel? Woran erinnert Sie diese weiche, betörende Form? Woran denken Sie? Nun?«

»Öhm … also …«

»Assoziativ, mein Lieber, assoziativ.«

»Eine Beule?«

»Herr Kanzel, ich bitte Sie! Seien Sie nicht so profan, das schüttelt mich ja förmlich.«

»Also …«

»An die Lippen von Brigitte Bardot! Na? Jetzt? Spüren Sie sie?«

»Natürlich, natürlich, ich Depp. Jetzt sehe ich sie vor mir. Weich, schwellend und betörend.«

»Na, bitte, Geht doch. Wohlan, Herr Kanzel, dann machen Sie mal in diesem Geiste weiter.«

»Ach, was ich Sie noch fragen wollte, haben Sie eigentlich noch mal was von diesem Magno Malente gehört?«

Brand schüttelte den Kopf. »Zum Glück nie wieder«, sagte er, stand auf, stutzte und schaute unter den Tisch. »Huch, was ist denn das?«, fragte er verwirrt.

»Der da? Das ist Zorro«, antwortete Moon.

»Ein Hund im Unterricht?«

»Nur heute. Er wollte Sie mal kennenlernen.«

Zorro legte sich auf den Rücken und gähnte, dann schloss er zufrieden die Augen. Ein spanischer Hund brauchte seine Siesta.

Weiteres Buch von Peter Butschkow: *Rebecca, Roswitha und die wilden Siebziger*

Zwei Freunde, Archie und Speck, haben sich aus West-Berlin in eine Landkommune im Bergischen Land zurückgezogen. Das Haus ist zugleich Adresse des DAMOUR-Verlages, den Archie, ehemaliger Student, gegründet hat. Er verlegt erfolgreich kitschige Liebesromane, die er selbser schreibt – unter dem klangvollen Pseudonym Rebecca C. Creek, angeblich kanadische Mustangzüchterin mit indianischen Wurzeln. Ein Freund aus Berlin will ihn besuchen und nimmt unterwegs zwei Tramperinnen mit. Als er zufällig sieht, dass eine von ihnen während der Fahrt ausgerechnet ein Buch von Rebecca C. Creek liest, schlägt er vor, gemeinsam nach Rehwinkel zu fahren, um die gerade zufällig dort weilende große Autorin persönlich zu treffen. Nun beginnt eine turbulente Komödie.

Das Romandebüt enthält viele humorvoll erzählte autobiografische Episoden über Berlin, eine Landkommune im bergischen Land, den DDR-Grenzbetrieb und die Transitstrecke.

Ein beschwingter Roman über große Gefühle in einer durchgeknallten Zeit. Til Mette: *»Das liest sich ja wie Butter! Ich habe angefangen und wollte nicht aufhören ...«* Ein kurioser Mikrokosmos schräger Typen auf der Suche nach Freiheit, Lust und Liebe. Vor dem Hintergrund des irrwitzigen Täuschungsmanövers entfaltet sich dabei ein farbenfrohes lebensnahes und kurzweiliges Zeitporträt.

»Die Burleske um die literarisch ambitionierten Hippie-Aussteiger bewegt sich aufs Unterhaltsamste zwischen Haschisch-Sessions und Schnittchenteller-Orgien, zwischen dem lautstark formulierten Bedürfnis nach freier Liebe und der heimlichen Sehnsucht nach Kitschromanen. Avantgarde und Spießertum haben einander noch nie ausgeschlossen ...« (Der Tagesspiegel)

»... [Butschkow] haute im zarten Alter von 73 Jahren in die Tasten und schrieb seinen Roman Erstling. Normalerweise ist der Mann als Cartoonist und Illustrator bekannt und liebt das Bunte, leicht Daherkommende. So auch beim Schreiben. Mit ›Rebecca, Roswitha und die wilden Siebziger‹ hat er ein schräges Panoptikum der siebziger Jahre geschaffen, in dem alles vorkommt, was in dieser Zeit des 68er Nachbebens an Libertinage, Lust und Frust aufs Land geschleppt wurde ...« (Schwäbisches Tagblatt)

PF 1621, D – 72006 Tübingen, Telefon: 0049 (0) 7071 66551
gehrke@konkursbuch.com / konkursbuch.de
Gestaltung: Verlag
Bilder auf den Vorsatzseiten: Peter Butschkow
Cover: Jens Grabowski
Gesetzt mit der Garamond.

ISBN 978-3-88769-499-9

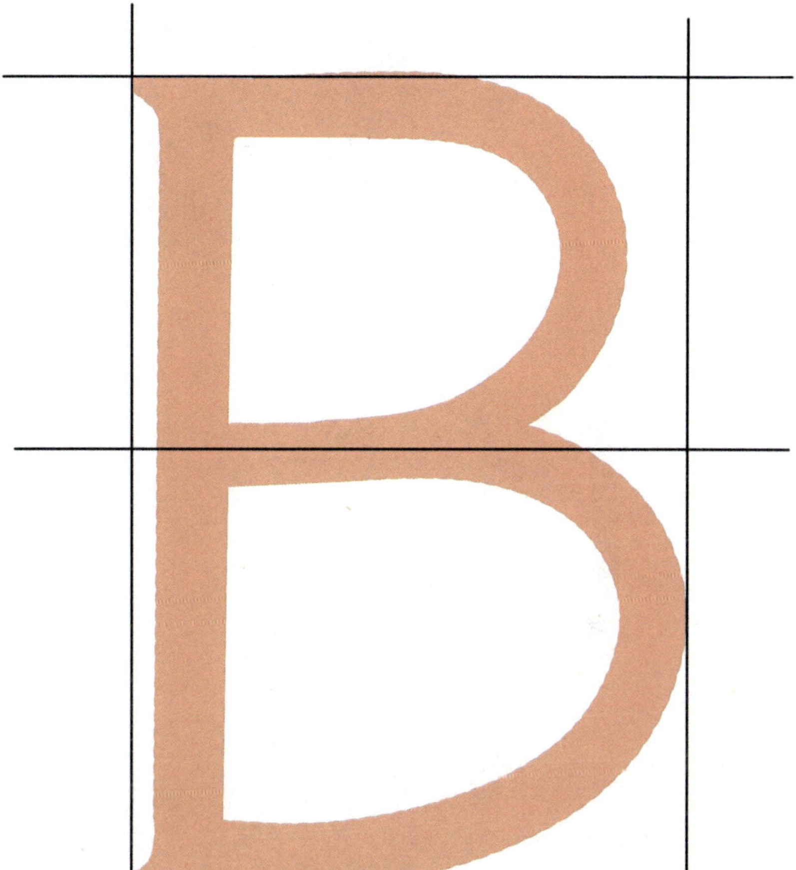
B